Best Time

白 马 时 光

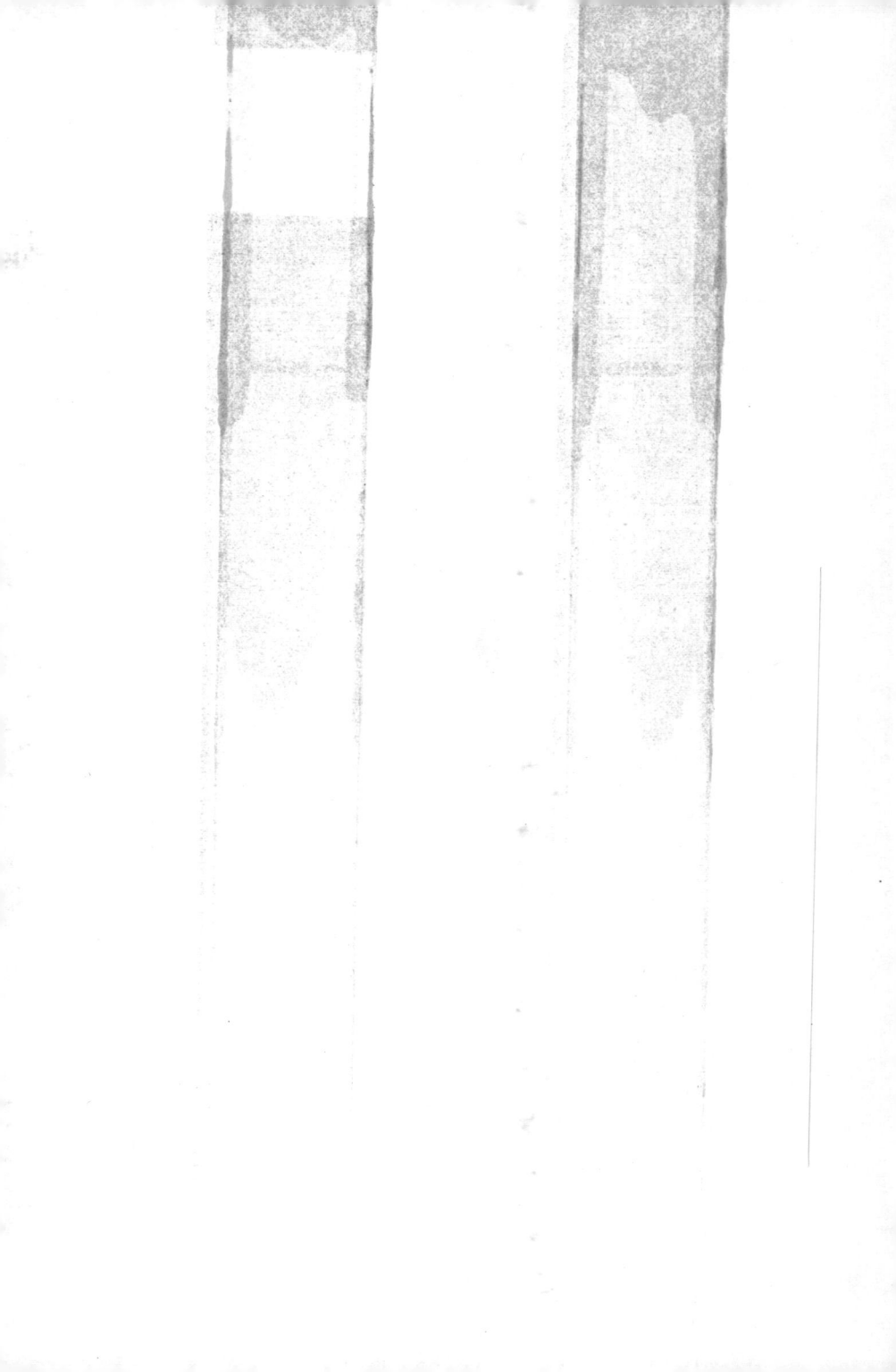

人生不止一种选择

ONE MORE CHOICE IN LIFE

鲍春来————著

百花洲文艺出版社
BAIHUAZHOU LITERATURE AND ART PRESS

外出郊游

含蓄地拍照，在桂林

烈士公园一日游，
我拿着我哥的录音机

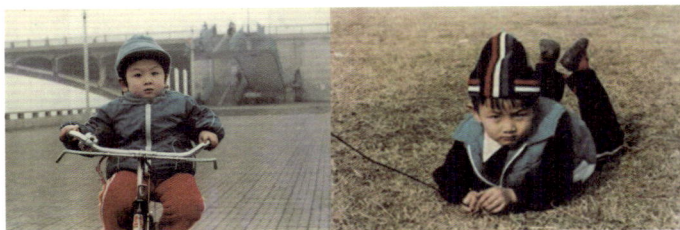

星期二，我爸会骑单车载我到湘
江大桥看风景

在草坪上摆当年比较潮的 POSE

妈妈年轻时是大美女

年轻时的爸爸很瘦

我哥

我姐

妈妈带我游岳阳

🏸 我和爸妈在舅爷爷家

🏸 爸爸、我、妈妈

🏸 妈妈和我，那时我手里拿着一只羽毛球

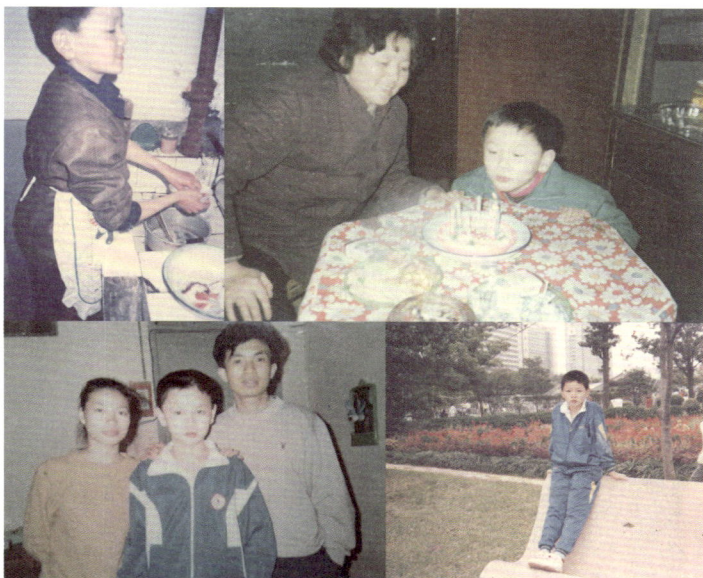

🖐 第一次洗碗　　🖐 第一次在家吃生日蛋糕，好开心

🖐 第一次去广州，在卢教练的家　　🖐 那时经常去的公园（9岁）

🏸 1995 年第一次去深圳世界之窗（12 岁）

🏸 在湖南省队的那些年
从左到右
任科、蒋翔宇、曹晨、王志强、真云、陈泽宇、启灵、郑波、启阳、赵磊、我

2000 年在江西宜春，集训，妈妈来看我

训练中（12岁）

🏸 1999 年中日韩三国羽毛球赛，
　　从左到右：朱伟伦、我、谢中博、张绍臣教练、顾健、曹晨

🏸 1999 年在中青队

🏸 获得亚青赛团体冠军

参加九运会

 2002 年釜山亚运会，我和龙莹

🏸 2002 年参加日本羽毛球公开赛，我在迪士尼

🖋 训练中

平时的我，那时略显青涩

🏸 2004 年，给球迷签名　🏸 等飞机时打扑克

🏸 2004 年汤姆斯杯，林丹和我第一次拿世界冠军
🏸 2004 年参加中国羽毛球公开赛

人生不止一种选择

人生的任何时候都不怕重头再来，

每一个看似低的起点，

都是通往更高峰的必经之路。

- **推荐序**

　　我眼中的小鲍是一个内向腼腆的大男孩。在竞技球场上，他是我一个非常重要的竞争对手，从小我们就在不停的竞争中一起成长，挖掘彼此的潜能，正是因为这样，我们都成为国家队的绝对主力，这是一种默契。虽然冠军只能有一个，但冠军精神属于奋斗的每一个人。

　　场上的小鲍沉稳执着，场下的小鲍特别好学，这点让我很是敬佩。我非常支持他退役之后选择跨界进入演艺圈的决定，在很多人眼里当教练似乎成了运动员退下了唯一的出路，而他却选择了一条与众不同的路，这很需要勇气。我特别希望小鲍能成功，当然他也需要做好重新开始的准备。

　　我是林丹，我推荐我的队友鲍春来的自传。

林　丹
中国羽毛球运动员、羽毛球世界冠军

● 推荐序

　　我和春来虽然算不上是相识很多年，却一见如故。也许是人以群分物以类聚吧，我们在性格上总是能找到一些相同的观点或相似的感觉。例如，有一天他约我打羽毛球，我跟他说生命在于静止，从此以后……也就没以后了，哈哈……

　　言归正传，春来这本书以回忆录的方式书写了他这过往的三十年，涉及亲情、友情、爱情，当然还有这三十年来他和羽毛球的渊源以及难舍难分的情感。我在读春来这本书的时候，时而让我忍不住大笑，时而有种想流泪的冲动。

　　我和春来都是 80 年代生人，但我比春来要大一些，所以书中他所回忆的一些场景不时地会把我带回那个年代，虽然没有共同的经历，但那个和青春擦肩而过的时代的气息扑面而来的时候，还是会让你猝不及防，深陷其中。

　　虽然书中的春来没有刻意地煽情，但你会被他的真实所打动；没有过多的修饰，你却会被他的单纯所吸引，最让我佩服的还是他直面自己伤疤时的勇气和每一次从失败中汲取到的深刻的自我反思。文中更多的是尽量还原"现场"和春来他当时的心里动机。

或许有些"现场"让你似曾相识，而有些"现场"你一定也在。

陈楚生
著名音乐人

● 推荐序

献给我们沸腾过的热血

　　2016 年的整个夏天都在旅途当中度过。离开伦敦的那个早晨，醒来意外收到鲍春来的微博私信，迫不及待打开——原来是他的自传即将问世，问我能否给他写点推荐语。

　　他那活泼而礼貌的语气带着羞涩，一如其人；可我还是不敢相信这么幸运，有一天能为他的自传作序。

　　因为热爱运动而且业余练过羽毛球，所以好多年来，鲍春来一直是我最喜欢的运动员，喜欢到甚至不愿意用"偶像"或"体育明星"这种俗套的称呼来概括对他的关注。在体育界，"偶像"这样的称呼大概是属于超级王者的，那些光环下的冠军，耀眼的金牌，随着国歌一起升起的鲜红梦想。

　　可我坚信，喜欢鲍春来的人们一定有更特别的原因，是真心为他身上的全部经历所着迷，他的胜利与失落，汗水与泪水，如此真实，从他那里你看到了全部的自己。

每次看他的比赛，我都不断试着去想象，在竞技体育的高压下，一个性情相对温和、内向的球员是怎么熬过那些赛前赛后的漫漫长夜的？巨大的压力犹如黑夜一样覆盖，欢呼或嘘声如海啸一般扑来，紧绷的情绪，伤情的阴影，挥之不去的魔咒绰号，对手眼中血红的杀气……在技术大都不相上下的时候，比赛往往是心理战术，气势抢胜，他这一路下来该有多不容易。

带着这样迫切的好奇，我在颠簸的巴士途中抱着电脑，迫不及待读完这本自传，抬头便是车窗外的细雨和绿叶，轮廓柔软的丘陵像所有往事那样，消散在公路的两侧。那一刻我的耳畔只回荡着一句话，"十年饮冰，难凉热血"，所有关于他的，你想看到的，都在这本书中。

你会看到，他是那个翻墙逃去打游戏的邻家小子，也是那个被晨训的号声吵醒，却不愿钻出被窝的追梦少年；是在寝室跟队友彻夜聊天听歌的伙伴，也是在灯光通明的赛场上挥洒汗水的职业球员。

他说他有次错失冠军的时候，当场落泪；但耳边全是观众排山倒海的叫喊声，为获胜的对手欢呼着。他不得不抓起毛巾佯装擦汗，就这样捂住泪水，在欢呼中大哭着，走下赛场。

他早就翻过了这一页，而读到此处的我却泪意盈眶。

在残酷的竞技体育中，欢呼与掌声都为冠军加冕，这些他当然得到过。但比起狮子座王者，鲍春来有自己特殊的光芒闪耀在中国羽毛球的黄金时代。银色的奖牌，像镜子一样照耀着他的刻苦与拼搏，照耀着他如何从一个个噩梦里醒来，像勇士持剑一样拿起球拍，继续回到赛场，咬牙把自己逼到一个又一个极限。

他像所有的运动员那样，一身青紫，隐忍伤痛，咬牙苦撑，但梦想的终点总是拥挤的，冠军只有一位，这就像人生。

你也知道，在这一点上，我们每个人都相似。

世上有太多遗憾可以感慨，既生瑜，何生亮，既生林，何生鲍？如果关节没有受伤，如果风湿病痛的阴影远离他的职业生涯，如果……无奈人生没有如果，幸运如美人，是错肩而过的一瞥，而命运的安慰常常是姗姗来迟的。

一路都从胜利中走来的人，大概是无趣的；只有像鲍春来这样，从跌宕的胜负中一路摸爬滚打，最终能与自我和解，悟得"一辈子都要和别人去比较，是人生悲剧的源头"之真谛的人，才是可爱与可贵的。在这一点上，没有人比他更坚强了——你一定懂，如果离冠军差了十名，你大概能潇洒挥手轻松转身，安慰自己参与为荣；但如果那么多次，离夺冠只有咫尺之遥，触手可及却又不断错失的时候，你才能体会，需要多么强大的信念，才能平复那些刀子一般插在心中的失落与遗憾。

只有他做到了。

外界给他取一个诙谐的绰号是容易的，顺口一叫，带过一笑；可有没有人想过，皇冠有多重，魔咒也有多重。他承载起来，有多不容易。但最勇敢的，莫过于敢于做回自己的人。

他也许输了比赛，但他一定赢得了人生。无论是球员还是球迷，在我们短短一生中，每当回首来路，深信自己曾经热血沸腾过，曾为梦想燃烧过，也就足够了。

读他的传记，就像看着他在赛场上倍显修长的身影。我总是忍不住想说：大地上的人们天生就爱搏杀，可你生于天空，就别忘记飞翔。

七堇年
著名作家
2016 年 7 月 16 日

目 录

Contents

目　录

Contents

目 录
Contents

• 写在前面的话

　　湘江像一条玉带，自南向北将长沙市分为两半。

　　三十年前的湘江比现在更加清澈，也更加辽阔。

　　那时的江边，人们时常可以看见一个身着衡器厂工服的瘦高男人在江边流连忘返，时而驻足远眺，时而低头吟咏。他最喜欢吟诵的一首诗便是毛主席的那首《沁园春·长沙》："独立寒秋，湘江北去，橘子洲头。看万山红遍，层林尽染，漫江碧透，百舸争流。鹰击长空，鱼翔浅底，万类霜天竞自由。怅寥廓，问苍茫大地，谁主沉浮？"每读至此，男人都会两眼闪烁有光，自觉万丈豪情在胸中激荡。

　　然而 1983 年 4 月份的这一天，当这个名叫鲍长安的男人再次出现在湘江边上时，却没有了往日的激愤或悠闲，取而代之的是满脸幸福的喜悦和兴奋。他也不再吟咏毛主席的"万类霜天竞自由"，而是有些焦急地翻看着手中的各种诗集，试图从中寻找更加宝贵的东西。

　　终于，鲍长安的目光聚焦到了唐朝诗人白居易的那首千古名作——《忆江南》："江南好，风景旧曾谙。日出江花红胜火，春来江水绿如蓝。能不忆江南？""春来江水绿如蓝""春来江水绿如蓝"，鲍长安反复品味着诗中的这一句，忽然如获至宝般合上诗集，快步奔回家里。

　　鲍长安家的堂屋里，一群老少亲戚正围着一个刚刚出生的白胖小子七嘴八舌地议论着。

　　这个说："不如叫鲍捷吧，捷报频传的意思。"

　　那个立马出来否定道："不行不行，太俗了。"

　　鲍长安挤进人群，把手里的诗集放到了怀抱婴儿的女人面前。因为一路小跑和过于激动的心情，鲍长安竟有些语无伦次起来："这句，看，这个，春来，春来江水绿如蓝。"

　　女人看看鲍长安，再看看他手中的诗集，脸上带着疑惑地问："你的意思是……叫鲍春来？"

　　"对。冬去春来，只把春来报。怎么样？"鲍长安期待地看着自己的妻子。

　　话音刚落，还没待女人回应，怀里的婴儿忽然咯咯地笑起来。

　　看着孩子，女人也笑起来："那还说啥，你看，春来自己都同意了。"

　　鲍长安抹着额头上细密的汗水，憨憨地笑着。围在一起的亲戚们也都笑成一团。

　　就这样，这个出生已经两个多月的孩子才正式有了自己的名字——鲍春来，也就是我。

　　你看，我曾经试图以这样的方式来开始我的回忆。不过最后还是放弃了。

　　关于写这本书的初衷，其实只是来自我个人一闪念的想法。本来我从小就有记日记的习惯，虽然这些年随着网络的发达我改成在博客或者微博上记录自己的心情，但是曾经手写的日记本也积攒了厚厚一摞。2014 年过年回老家收拾房间时，我重又翻出了早已被束之高阁、落满尘灰的日记本。看着本子里一行行已经有些陌生的字迹，一串串几近被忘记的往事历历涌现眼前。我一会儿皱眉思索，一会儿笑出声来，一会儿啧啧感叹，一会儿扼腕懊悔，心中可谓五味杂陈。我忽然想到，这些破旧的本子里储存着我多少珍贵又美妙的回忆啊！我得把它们好好整理出来。于是，就这一闪念的想法，让我开始了一项浩大的工程。

　　在时间上，我想用这本书回顾并梳理我从有记忆以来直到退役的那些年、那些事、那些人、那些情。然而因为工作学习的繁忙安排，我只能见缝插针地想想写写，写写停停，竟然就这样拖了一年多。

　　还好，如今它终于跟大家见面了。

　　如前面所说，我曾经得意扬扬地为这本书写了那样一个自认为精彩的开头。本想就那样一路把我二十多年的生活演绎铺展开来，却忽地发觉自己可能走错了方向。

　　虽然我出生的故事在我的描述下变得传奇而好看，但是显然那样小说式的文字语言带有大量虚构的成分。往事中自然有让我止不住兴奋的趣事，也有我不愿去触碰的伤心事，而且还不在少数。曾经在决定写这本书之前，乃至写的整个过程中，我都一直在问自己，写这本书的目的是什么？美化自己的过去继续做一个头戴光环的体育明星，还是卸下光鲜的面具，直面自己的过去，甚至许多不堪的往事，也借此书梳理、反思那已离我远去又熟悉的羽毛球生涯？这是一个至关重要的选择。

　　当然，每个人都知道，要想忠实地还原一件往事的本来面目几乎是不可能的。每一个处在回忆中的人或事都已经在当你要记起他们时变换了面目，有时甚至因为人趋利避害的自我保护意识作祟，一些曾经使我难堪的往事已经自动在我个人的记忆库中被封存，直到其他当事人提起，它们才从记忆的最底层沉渣泛起，把我带回某个不愿回去的时刻。如今回忆这些往事，无异于揭开一块块表面早已结痂的伤疤。我说过，我不是一个惯于规划自己人生的人，所以，当我退役之后开始回忆自己二十多年的生活时，才发现那些过去的事情实在颠倒凌乱，纠缠不清，这也一度让我陷入恐慌。作为一个羽毛球运动员，虽然我取得了好多选手难以企及的成就，但是作为一个独立的个体，我却自认并没有活出自己想要的人生。我试图寻找原因，然后解开疑惑，用来指导今后的路。我知道，那答案就埋藏在过去。

　　所以，我不打算为大家写一本好看的传记，而是想放下一切顾虑和包袱，力所能及地老老实实地回想那些构成我过去人生的故事。我要求自己做的是不去为了好看而编织，只求为了真实而呈现。最后，唯愿我的朋友们在喜爱关心书中那个单纯、认真、孝顺的鲍春来的同时，也能包容谅解那个幼稚、自私、懦弱的鲍春来。我想，无论如何我都会坦诚面对那个鲍春来，因为那是真实的我。

鲍春来

2016 年 7 月

Chapter 1

成长之初那些快乐时光

其实那时爸妈对于羽毛球的了解跟我差不多，我们全家对羽毛球的接触仅仅来自家中的一张照片：憨态可掬的我一手拿着一个羽毛球，一手拿着一个与自己身高差不多的羽毛球拍，懵懵懂懂地笑着。长大后，我无数次对着这张照片感叹冥冥之中自有天意。

01
疑似"多动症"的孩子

长大后，我曾经一再追问我的父母，我出生那天有没有什么奇异的天象，诸如红光满屋、暴雨不止。但是很让人失望，我的出生跟千万个普通的婴儿一样稀松平常。

1983 年 2 月 17 日，在一个新年过后乍暖还寒的初春，我来到这个世界。重约八斤一两，算是个大胖小子，遂了父母的心愿。

不像现在，爸妈会早在孩子出生前就想好名字候着，我的名字却是父亲在我出生两个月后、临上户口前才从古诗词中翻找出来的。情形虽不如前面所写的那样传奇，但我想过程大抵也差不多。然而，父亲煞费苦心为我取了"鲍春来"这样一个新颖别致的名字，但是在我来北京之前的记忆中它却很少被用到。家中的长辈一直到今天都喊我"坨坨"，这是湖南话中对小孩子的习惯称呼。现在考据起来，有点像北方人叫小孩子"狗蛋儿""狗剩儿"一样，给个低贱的名字好养活。再大一点，身边同龄的朋友忽然开始叫我"鲍雷"。这个名字到底是怎么来的，我至今也没搞清楚。去问朋友，他们也是一团迷糊，简直成了我的一个身世之谜。直到现在，我回到湖南老家见到那些儿时的玩伴，他们仍旧这样喊我。

"鲍雷，什么时候回来的？"

"鲍雷，我的孩子都打酱油了，你怎么还没找媳妇呢？"

"鲍春来"这个原本属于我的大名是我来到北京之后大家才开始叫开的。开始时我还不太适应，竟然花了一段时间才对这个名字产生了认同感。再后来，大家对我"小鲍""春来"的亲昵称呼，也都是从这个大名演化而来的。

听父母和其他亲戚说，我生下来就肤白肉嫩，惹人疼爱。小时候，幼儿园的老师给我剪过一个锅盖头，好多人都以为我是一个漂亮的小姑娘。妈妈带我出门，经常会有人说："哎哟，你家姑娘可真俊啊！几岁了？"有一次坐火车，我在上下铺之间爬来爬去，旁边的一位旅客对妈妈说："让你们家姑娘小心点，这摔了可怎么得了。"每每这个时候，母亲都是哭笑不得。

虽然长得像小女孩，但我的性格完全是纯爷们儿的。听我妈说，我从肚子里钻出来时就不老实，小手小脚不停地扑腾，一刻都不得消停。长大了一点，更是成天舞刀弄枪，和小伙伴玩各种追逐打仗的游戏。我的童年正赶上中国城市建设大潮的开端，那时候，孩子们的游戏相对匮乏，没有电脑，也没有网络游戏。所以那时候最常见到的画面就是成群结队的孩子在大街小巷捉迷藏，弹玻璃球，用弹弓偷偷摸摸地打鸟，或者直接爬上十几米高的树掏鸟窝。院子里、床铺上，到处都是我们"年轻的战场"。有时候一个不小心打碎了别人家的玻璃，一群人哄然而散，只留下一个闻声追出来的大爷或者阿姨对着空空的街道叫骂。

在那些"流窜作案"的孩子中间，我就是那最不安分的一个，也就是邻里街坊间的"孩子王"。每次家里来人看到我总是不敢靠得太近，否则一不小心就会成为那个被伤及的无辜。每次在路上看见了小石子或者瓶盖儿，我肯定要踢一路，总之一刻不得闲。不是今天把膝盖摔破了，就是明天把胳膊擦伤了，每天都要把自己搞得伤痕累累才肯回家。

我现在还清晰地记得有一次险些因为自己的"胡作非为"闯下大祸。小时候，父亲在长沙衡器厂工作，我时常跟小伙伴们在父亲的工厂旁玩"官兵抓强盗"的游戏。那一次，为了跑得更远，躲得更严实，我便爬上了工厂的院墙，试图顺着院墙边上的大树溜进工厂里。可不知怎的，就在我跳下院墙的一瞬间，我的一只脚被卡在了墙和树之间的缝隙里，整个人被悬在半空中，上不去也下不来。我急得吱哇乱叫，小伙伴们纷纷跑来看着，却也无计可施。无奈之下，有人跑进工厂喊来了我的父亲。

当时父亲看到我倒挂在墙和树之间的那一幕也是吓傻了。他先是试图用双手掰开大树，最终未果，便又不知道从哪里找来了一根结实的木棍插到墙和树之间，想用力把缝隙撬大一点。直到现在，我都难以忘记父亲在拼命救我时那着急的眼神，那是当孩子处于危险时，作为父亲的最真实的情感流露。我想，那一刻我的心里应是闪过了一丝愧疚。最终，在父亲和小伙伴们的一起努力下，我被救了下来。对于父亲来说，儿子从危险中得救的喜悦大过了对于我调皮捣蛋的苛责，我也不觉得后怕，立马变得像没事人一样傻乐。

关于这件事，慈爱的父亲帮着我一起瞒住了严厉的母亲，否则我又少不了一顿皮肉之苦。

现在想起来，小时候我之所以无法无天，还有一个原因便是我有一个可以在闯祸之后逃避惩罚的避风港，那就是我外婆家。外婆可以说是整个家里最宠爱我的那个，所以哪怕我犯了天大的错，在外婆那里也都会得到庇护。

印象最深的一次，妈妈提着鸡毛掸子满大街追打我，一路上鸡飞狗跳。我抱头鼠窜，奔到外婆家。妈妈气势汹汹地追进门，看我正钻在外婆怀里哭得鼻涕横流、眼泪汪汪。妈妈本来要不依不饶，但是看到外婆一沉下脸，她立刻乖乖地放下了"凶器"，并且还在外婆面前保证回去不再找我算账。我这才抹掉满脸的鼻涕眼泪，得意地班师回朝。

说到这里，还要提一下我的外公。从小我最喜欢黏着的那个人是外婆，最害怕的那个人就是外公。外公是军人出身，印象中从来都是铁着脸不苟言笑的样子，搞得我几乎都不怎么敢跟他讲话。每次去他家，我只是匆匆跟他打个招呼就赶紧躲到外婆身边去了。后来随着年纪的增长，慢慢也开始跟外公有了对话，明白了外公其实也是一个善良和蔼的老人，只是不那么善于跟晚辈亲近罢了。外公得癌症去世时，我因为在外比赛没有陪在他身边，成了我一生中最大的憾事。

02
误打误撞去学羽毛球

到了小学一年级，我这个好动分子终于"出事了"。

那是正式入学之前，学校举办一个学前班，让即将步入校园的孩子们有一个心理准备，适应一下学校的环境。每天上一节课，只是课时会长一些，相应地，课铃会响两下，上课一次，然后直到放学，再响一次。这意味着只要听到第二次铃声，我们就可以放学回家了。这个学前班是可以选择不上的，但是爸妈巴不得早点把我这个"瘟神"请出家门，所以让我上了半年的学前班。

半年之后，我终于正式踏进了校门，迈出了人生中全新的一步。尽管"意义"非凡，但相对那些没有上过学前班的新生来说，我并不感到惊奇，因为我已经是有半年学龄的老生。我平静地走进了教室，找到位置，等待老师的到来，看到身边有些不知所措的同学，心中暗自得意。这种人生体验让我莫名地自豪，好像经历了什么了不得的事情。小孩子就是这样，一件小事就能让他们兴奋不已。

很快，第一堂课结束。响起第二次铃声，按照之前的惯例这是放学铃，可以回家了。我收拾书包准备走出教室。看到同桌的女同学没有走的意思，我善意地提醒说："放学了，赶紧回家吧。"至今我还记得那个女生瞪得大大的眼睛和满脸疑惑的表情。最后，在我真诚眼神的感召下，她开始慢吞吞地收拾起书包来。随后，我们一起离开了学校。一路上我还觉得奇怪，怎么没有其他同学一起呢，平常不是都一起走的吗？

就这样，上学第一天我就晕晕乎乎地让自己放了学。第二天自然就少不了老师的批评警告。不过，那属于不知情状态下的逃课，无知者无罪，因此并没有受到什么处分。可是，我竟然从那种状态中获得了早早从学校出来，自由自在回家的大好体验！于是第二天，当第一节课下课铃响起时，我又义无反顾地收拾起了书包。这一次，同桌女生的表情从疑惑变成了惊奇，瞪着大大的眼睛目送我走出教室。我如此"大逆不道"的行为被定性为公然挑衅老师的权威，受到了学校严厉的处分，老师还通知了家长，那时我才知道，事情闹大了……

现在，我常会揣摩当时的心态，是心存侥幸吗，想过后果吗？这就跟我用大人的心思揣摩身边"熊孩子"的心态一样，自然是无法想通的。最后我只能一边因那时好傻好天真的举动发笑，一边为那时义无反顾的勇气鼓掌。

久而久之，爸妈终于忍无可忍，觉得不可以再对我这样放任下去了。于是他们想了办法，让我去学画画、学写字，希望能改改我多动的毛病。一开始因为对画画写字感到新奇，我开始变得安静下来。在爸妈看来这方法似乎是颇有成效。但没过多久，爸妈便发现"上有政策，下有对策"。我开始用新的作案工具——毛笔，在家里的墙上画山水，画小人，甚至画圈，乐此不疲。

我爸妈都是本分人，在他们那一代人的传统认识中，老实规矩的孩子才是好孩子。面对自己不停制造"离经叛道"事故的儿子，妈妈开始有些着急了，"不会是有多动症吧？"妈妈问了身边的一些朋友，大家各种猜测。

朋友的话不知在那时的爸妈听来是该喜还是该忧，不过却启发了他们的逆向思维。我爸就跟我妈商量，"既然他这么喜欢动，精力旺盛，咱们就来个以毒攻毒，让他多运动呗，把精力耗没了，看他老实不老实。"所以，基本上我是因为疑似"多动症患者"，才最终导致了与体育的结缘。我至今很感谢爸妈这个百般无奈之下做出的明智决定。

接下来，爸妈就给我报名，让我进入了业余体校，学习乒乓球。就在这时，"意外"却发生了。一天，长沙市业余体校的羽毛球教练宋庚保来学校选拔人才，一眼就看中了坐在最后一排长胳膊长腿的我，把我叫了过去。"你这条件不错，来跟我打羽毛球吧？"宋教练充满期待地看着我。

我那时刚刚在打乒乓球中找到了乐趣，心想，羽毛球，我哪会打？乒乓球才是我的最爱，就想随便找个借口拒绝他，"我是左撇子，打不了。"宋老师拉过我的双手比了一下，满脸欣喜，"嘿！我要的就是左撇子！"不过，我还是坚定地摇了摇头。

但宋庚保教练并没有放弃，居然敲开了我家的门。当看到爸爸接近一米八、妈妈快要一米七的身高时，他更是铁了心，"你们放心，凭这孩子的条件，一定能学出来。"其实那时爸妈对于羽毛球的了解跟我差不多，我们全家对羽毛球的接触仅仅来自家中的一张照片：憨态可掬的我一手拿着一个羽毛球，一手拿着一个与自己身高差不多的羽毛球拍，懵懵懂懂地笑着。长大后，我无数次对着这张照片感叹冥冥之中自有天意，但问及爸妈这张照片背后的故事时，他们却都说不清楚了，只记得拍照的地点是在长沙老城墙旁边的天心阁公园。

宋教练走后的几天，经过再三商量，父母决定："就让这孩子去试试吧，打什么球不是打。"就这样，我鬼使神差般地开始了我的羽毛球生涯。

那一年，我八岁。

03
我的铁杆球迷是我的父亲

似乎在中国的大多数传统家庭里，都会有一张红脸、一张黑脸，我的家里也一样。不过跟别的家庭有所不同，在我家里红脸属于父亲，黑脸的则是母亲。

现在想起来，基本上我的童年是这么度过的：先是我在外面调皮捣蛋犯了错，接着是我妈一通怒斥或者气急了开始找家伙动手，再接着便是我爸慌忙地伸出双手拦下我妈，说一些基本不起多大作用的劝阻的话，顺便悄悄地给我使个眼色，最后是我趁乱跑出家门一路狂奔到外婆家避"风头"。

我爸四十五岁那年才有了我，按咱们中国的说法，叫作"老来得子"。在我的上面，还有一个哥哥一个姐姐。可这个最小的儿子，他是最宠爱的。在我看来，我爸在他们那个年代多少有些"异类"。我爸崇尚自由，在遇到我妈之前，他曾经因为各种原因东奔西走，足迹几乎遍布了大半个中国。在那个年代，爸爸虽然学历不高，但很喜欢看书。他喜欢读书写字，还会弹琴作诗，用我们现在的标准来看，我爸也算得上是一个文艺青年了。由于爸妈性格的原因，从小我便是敬畏我妈而亲近我爸的。这个亲近不只是因为我爸对我有更多的袒护，还因为我始终觉得我爸身上有一种迷人的柔软细腻的气质。大概我个性里的一些因素也多是受我爸的影响。

关于我爸还有极为重要的一点，那就是他热爱运动。他非常喜欢打篮球，乒乓球水准在他们那个几千号人的厂子里也是名声在外的。我的运动细胞应该绝大多数遗传自我爸。

小时候，我爸在长沙衡器厂工作。在那座钢筋水泥的丛林里，有一个露天篮球场，那里常常上演着各个车间之间的对抗赛。我爸司职中锋，印象中，每每他一拿球，就会被两三个人围在中间。场上纠缠得难解难分，四周的水泥看台上也是人声鼎沸。刚刚下班的工友们几乎都是站着看，他们将白毛巾搭在脖子上大声助威，或是干脆用毛巾当作拉拉棒挥舞得上下翻飞。此时，小小的我就夹杂在大人们中间，看着我爸处于舞台的中央一次次传球得分，兴奋得手舞足蹈。

我长大一点后，我爸也会带着我到那个球场打篮球。但相比之下，我更喜欢乒乓球。为此，我爸常常把饭桌当成球台，手把手地教我。父亲很有耐心，不管我打成什么样，他从来没有骂过我一句。当大人们都上班了，宿舍大院中间的洗衣台上摆上一排砖，就成了我和小伙伴们的竞技场。室外球台的干扰很多，刮风、落叶，球蹦跳后或掉进水沟里，或干脆消失得无影无踪……不过那时这些干扰反倒成了我们打球的乐趣所在。我继承了我爸的运动天分，又得到我爸的真传，所以成了常胜将军。记得那时候就因为乒乓球打得好，我走路都是雄赳赳气昂昂的。小孩子的心理很简单，希望同龄人能够崇拜自己。这也是为什么，当宋教练选拔我去练羽毛球时，我的心里满是对乒乓球的依依不舍。

父亲沉稳细腻，温柔宽厚，印象中似乎连大声说话的时候都很少。但这样一个一直很安静的父亲，却又同时具备动如脱兔，甚至瞬间移动的能力。那时我实在想不通，他是如何做到无所不知、无处不在的，仿佛我的一举一动，都尽在父亲的掌握之中。

刚开始练羽毛球那会儿，正是电子游戏厅犹如一夜春风吹遍长沙大街小巷的时候，对这种新鲜玩意儿，我这种好动分子自然是毫无抵抗力的。于是，每次出门前，我都会软磨硬泡地跟父亲讲条件，希望增加一些额外的"收入"。按照那时候家里的"规定"，我每天的零花钱是两毛，我就找训练后要吃冰棍或者肚子饿等借口，争取再多要两毛。对于我这样的小算盘，父亲当然是心知肚明。但他一开始不会拆穿我，而是期待我自己醒悟浪子回头。父亲的期待终于落空，只好当我正在游戏厅激战正酣的时候出现，也不打我，而是耐心地跟我讲道理，我羞愧得面红耳赤。在羞愧中抬头，我看到的是父亲于心不忍的眼神。

　　关于父亲神奇的无所不知和无处不在，我还有一次难忘的记忆。那时虽然是业余体校，但也时不时会去外地打一些比赛。这对于从小家教甚严的我来说，吸引力可想而知。摆脱家长的看管，自由自在地打桌球、吃夜宵……似乎外面世界的空气都比家里更加新鲜和清爽。但让我不爽的是，父亲常常非要和我一起。别人的家长只是偶尔跟着一两次体验一下，而我爸却几乎每次都坚持随队出征。有一次在外地打完比赛，我为了摆脱父亲故意没有回宾馆吃饭，而是跟小伙伴们一起跑去大排档犒劳自己。正当我大快朵颐之时，满头大汗的父亲忽然出现在我跟前。原来他已经心急火燎地在街头找了我一个多小时。坐在杯盘狼藉的桌边，我低着头不敢看父亲。父亲依旧没有指责我什么，最后默默地走向柜台，为我们埋单结账。

　　随着我的羽毛球越打越好，父亲便把他对体育的兴趣和爱全部转移到了我的身上，成了我的铁杆球迷。从媒体第一次报道我开始，父亲就开始收集关于我的报纸杂志消息，用来做剪报，至今已经贴满了四五本大书。记不清从什么时候起，只要是我的比赛，父亲都会提前去了解分组和对手情况，然后打电话过来帮我分析，给我鼓励，为我减压。

　　大概是2002年的时候，父亲买了一台录像机，他把好多羽坛赛事甚至与羽坛有关的新闻都录了下来，一方面，他能及时全面地了解羽坛动态，以便跟我沟通；另一方面，他可以通过反复看录像了解我和其他球手的优缺点，给我提供一些参考。这个录像的习惯父亲保持了有七八年，一直到电脑普及好久之后，父亲才开始学会从网上下载。现在那些录像带还放在家里的柜子里，录满了回忆。因为几乎把工作之余的时间全都花在了羽毛球上，所以有时父亲竟然比我更了解世界上一些高手的打法和状况。每每有了一些心得体会，父亲总会找我聊一聊。起初，我挺不屑的，我打了这么多年，你还和我聊这个，不是初级指导大师级吗？因此我和父亲经常为打羽毛球的战术争得面红耳赤，大多数时候都是他败下阵来，最后选择了沉默。我那时为逞一时之快，急于确立自己比父亲更懂羽毛球的地位，所以赢了争论时都会欣欣然高兴。然而有些时候，当我在训练或比赛中实际遭遇我跟父亲争论的问题时才发现他是对的。不过碍于男人的尊严，我自是不会去承认自己错了，只是在心里对父亲的敬佩又多了几分。

大概在 2007 年的时候，我的状态持续低迷，陷入逢林丹和李宗伟必败的怪圈，戴稳了"千年老二"的帽子，那段时间也是父亲最难熬的时期。每次回家我都会假装乐呵呵地说没事没事，父亲为了照顾我的情绪，也不多问，只是耐心地告诉我说只要把自己的潜力展示出来就好，结果并不重要。而那也正是我心底一直在回响的声音。我诧异地发现，原来父亲是如此了解我。

04
我有一个严厉又可爱的母亲

老天总是合理地均衡每个家庭的配置：正因为我有了一个这样宽厚慈爱的父亲，所以我也才有了一个严厉苛刻的母亲。

或许是当过老师的缘故，母亲一贯对我奉行的培养原则便是"严师出高徒"。正是在母亲这样的要求下，我从小对她就有一种天然的敬畏。无论生活上还是学习上，只要我做了错事，惹母亲生气了，她的一个表情，便足以让我吓得不敢出声。小的时候我最想不通母亲何以对我如此严厉，受到母亲苛责时还会心生怨念。然而随着一天天长大，我才在母亲一点一滴的行动中感受到母爱的伟大和无私。

在我成名之后，媒体记者们没有费太多力气就挖出了小时候母亲接送我训练的故事。

"因为孩子小，程润延（母亲的名字）不放心鲍春来从业余体校下课后自己回家，于是每天中午不休息，加班将下午的一些工作做好，然后在下午 4 点骑自行车将儿子从学校接到体校，之后再赶回单位上班，快 7 点时，她再赶到体校去接儿子回家……"

关于母亲骑车接送我这件事，曾有一个场景让我永生难忘。那是一个周末，下着很大的雨，本来我以为终于可以睡个懒觉在家休息，但是妈妈却要求我必须去训练。妈妈穿着雨衣，让我坐在车子前面的横梁上，缩在雨衣里。去体校的路是起伏不平的，总会路过很多坡。平日里遇上大的坡，我都会从后座上跳下来在后面推车，待车子上了坡我再跳上后座。但是那天我缩在前面的车梁上没法下来，母亲竟然就那样一路推上好多坡，把我送到学校。

那是我人生中第一次感受到母亲略显单薄的身体中竟然蕴藏着如此巨大的能量。我想，那大概就是母爱的力量吧。我站在训练馆门口看着母亲转身离去时，才发现因为把大部分的雨衣让给了我，母亲的后背已经全都湿透了。

其实在很长一段时间里，我对于母亲当时那样的接送是不领情的，觉得她就像个监工，完全剥夺了我训练后的自由时光，我还曾为此跟母亲闹了很多别扭。也是长大后从媒体上读到出自我自己口中的这些文字后，我才意识到那些无缝衔接的时间点背后隐藏了母亲多少的艰辛。那个时候，很多像我一样练球的孩子因为家里不支持早早退出了体校，还有的因为父母的疏于管教而成了混社会的小混混。我则在父母的悉心照顾和按时接送下把基本功练得更加扎实，进步自然就比其他队员更快。

有了全家的支持，我在业余体校的训练渐渐走上正轨，我对羽毛球的兴趣和打球的技艺也是逐日见长。现在想来，小时候为了练好球我也是蛮拼的。那时从体校回家后我还会自己加练。没有队友做伴，我就在房檐下用绳子吊一个球，一个人练习挥拍。我这样练习时附近路过的邻居就停下来看，我觉得不好意思，便转身背对他们，继续练。在家里，父母有时间时也会帮助我练习。有一次，为了让我做网前的技术性训练，他们专门给我买了一张网，在本就不大的家里吊起来，他们扔球陪我练。

然而就在此时，母亲的工作却出现了大的变故。她之前供职的大立旅社效益不佳，母亲和她的姐妹们发现路上来来往往的中巴车生意很好，就开始一起跑车。那时候我并不知道母亲其实是会晕车的，但没办法，为了生计她还是硬着头皮逼自己克服了晕车。有时周末我也会陪着母亲一起去跑车，在车上一坐就是大半天，破旧的中巴车上那个混合着汽油味、汗臭味和烟味的奇特味道我现在想起来都受不了。再后来，跑车生意不行了，母亲又换了很多工作，她卖过保险，同时做好几份兼职会计……总之，母亲用她坚韧的意志，撑起了家里的半边天。

然而想来可笑的是，这样一个雷厉风行又满是韧性的母亲，却因为受不了情绪的起落而从来不敢看我的比赛。母亲不但从没到现场看过我的比赛，就连电视直播，也都是尽量"回避"着。听父亲讲，每次一到我的比赛，特别是世界大赛，母亲都会吓得远远地离开电视，躲到别的房间去看书。然而母亲表面是在看书，心里却是放心不下，于是只好隔一会儿就跟电视机前的父亲隔空喊话："老鲍，咋样了？儿子赢了没？"看到我打出了好球，父亲总是抑制不住兴奋喊母亲来看，母亲便放下书跑出来看一眼回放，看完了又赶紧跑回房间拿起书。没过一会儿，父亲便又听到母亲的喊话："老鲍，咋样了？儿子赢了没？"真是固执又可爱的母亲！

那时候家里除了要供养我的哥哥和姐姐正常上学读书以外，还要支付我的训练费用，而打羽毛球又是比较费钱的。因为大运动量的训练，球拍和球鞋耗费得很快，在饮食上又要比平常的孩子好。家里赚钱不容易，但只要是为了训练需要的装备，或者是听说什么营养品对运动员身体好，不管多贵，爸妈都会出手买下，看上去像是小事一桩。其实，私底下，他们俩都非常节省。

不知道是否是小时候穷苦留下的习惯，直到现在爸妈都还是简朴成性，他们穿了十几年的衣服到今天都舍不得扔，我逢年过节给他们买好的鞋子也几乎不穿，非要等着上一双鞋彻底穿坏了才舍得换。小时候家里吃一顿鸡鸭鱼肉不容易，爸妈便从来不吃鸡腿，吃鱼也从不吃好肉，都留给我吃。现在生活条件改善了，爸妈却还是保留着这些吃饭的习惯。我知道是他们出于对子女的爱而养成的这些生活习惯已经深深地烙进了骨子里。

小时候的慈父严母随着我年龄的增长，都变成了和蔼的老人。长大后，特别是 2008 年北京奥运会之后，我越来越渴望和父母待在一起。于是我就把他们从长沙接到了北京来住。只要有时间，我都会回家吃饭，陪父母聊天。一方面，我想让他们了解我的状况以免太过担心；另一方面，也想听听父亲给我提一些打球的意见。那时我突然发现，父亲对于整个世界羽坛现状、发展趋势的见解真是有独到之处。

父母在北京住了一段时间之后，也开始陷入了矛盾的境地：他们一方面想留在北京，好离儿子近一点，也方便见面；另一方面他们又安土重迁想念家乡，实在在北京待不下去。最后我还是决定把父母送回去，并向他们保证一定会照顾好自己。直到现在退役了，每晚11点前我爸或者我妈都会打一个电话给我，有时就两三句话，知道我一切都好，他们才睡得着觉。

关于在业余体校那段时间，还有一个画面在我脑海中挥之不去，现在想起来都历历如昨。那时为了保证我下午训练时有充足的体力，从第一天送我学球开始，母亲都会在单位附近的一个食品店买一个炸鸡腿，再装上已经洗干净的苹果和新鲜的牛奶，在我走出校门时递到我手中。于是，从学校到体校那段40分钟车程的道路上，人们经常会看到一个妇女奋力地蹬着车子，后座上的儿子在奋力地啃着鸡腿。

这个画面，一直持续到我进入湖南省队才结束。

05
"快乐教练"玩闹中培养兴趣

我怀着忐忑的心情跟随宋庚保教练跨进了长沙市业余体校的大门。但是很快，不安的情绪便一扫而空。因为我发现原来打羽毛球也很好玩啊！跟乒乓球相比，羽毛球的场地又大又漂亮，满足了我能跑能跳的欲望。最重要的是，周围还有那么多小朋友一起。羽毛球之于我，竟然像发现了一片新天地。

业余体校的羽毛球队里共有十几个人，却只有两把铁拍子，剩下的都是木拍子。所以基本上我们每天的训练都是在呼啦啦哄抢那两把铁拍子中开始的。抢到铁拍子的人扬扬得意，无奈只能用木拍子的人只好垂头丧气。印象中，我时常是扬扬得意的那一个。现在我们打球用的都是世界上最好的拍子，然而我却时常怀念那时抢到死沉的铁拍子时的感觉。

随着成为职业球员，走上要用比赛成绩说话的职业化道路，我对于羽毛球的热爱也发生着微妙的变化。赢球自然欣喜若狂，输球也难免失落悲伤，这也是我们常说的竞技体育的残酷性和刺激性所在。然而在那个资源相当匮乏的年代，我对于羽毛球的喜爱是建立在单纯的乐趣之上的，它无关输赢。

我在业余体校期间之所以对羽毛球产生极大兴趣，在很大程度上要感谢宋教练。你想啊，对于一个八岁的孩子来讲，什么是最重要的？自然是快乐！如果用一个关键词来描述宋教练带我的那几天的感受的话，那便是"快乐"。也许在旁观者看来，宋教练手底下的队员似乎每天都在嘻嘻哈哈打打闹闹，总是在玩，但只有他知道，对于这些刚刚起步的孩子来说，这玩闹中培养起来的兴趣是多么的重要。我到现在都庆幸那时的我碰上的是这样一位奉行"快乐羽毛球"的"快乐教练"，换作其他人，或许我的人生将是另外一番模样。

别看对于学生的嬉笑打闹总是包容，宋教练本人却是一个对于羽毛球运动无比认真和专注的人。作为羽毛球运动员，宋教练没有获得过很高的荣誉，但他却是我这么多年见过的为数不多的对羽毛球发自内心喜爱的人。用专业的话来讲，他属于那种真正钻进去的人。比如讲解一个简单的击球动作，有的教练简单示范一下就行了，宋教练则会把每一个步骤做详细拆解，直到学生真正领会。在教学上，宋教练是一个坚持"鼓励式"教学的人。我当时的身体条件本来就较其他学生更好，加上我认真踏实的性格，自然就成了宋教练嘴里激励别人的楷模。"你看鲍春来，步伐走得多好，动作做得多标准。"这是在训练中宋教练最常说的话。我本就是一副"吃顺不吃逆"的性格，这么一来二去，受到的表扬多了，我对羽毛球的兴趣也就越来越浓厚。在训练中获得教练的褒奖极大地满足了一个孩子的成就感。所以，那时的我一站在场地上挥舞着球拍就感到特别的兴奋。

一直到现在，我都跟宋教练保持着联系，逢年过节只要我有机会回湖南老家，一定会去看望他。他现在已经是六十多岁的年纪，还在坚持带学生。对于宋教练而言，我自然是他所带学生中最大的骄傲和自豪。他的球馆里一直挂着我跟他的合影，我们俩走在路上，他逢人就介绍，说这是他最得意的学生，是世界冠军，每次都会搞得我不好意思。

在长沙业余体校期间还有一段小插曲，虽然跟宋教练无关，但不妨也在这里跟大家一起分享。那是我十岁时，大概练习羽毛球三年了，那时我们一个个自觉已经是球技高超的专业选手，天天等着湖南省队来把我们招走。那一年有些奇怪，我们没有等来湖南省队，却等到了广州体校来选拔的人。因为我是当时我们学校那一年龄段里最好的一个，所以一下子就被他们看中。不过对于要不要去广州试训，我们全家却陷入了犹豫。广州，一个在我听来几乎远在天边的城市。最后，爸妈一来不想放弃这次机会，二来也想锻炼一下我的自理能力，毅然狠心地把我送去了广州。

我记得是母亲陪我去的。她把我安顿好，当天就得赶回长沙工作。我在宿舍楼的阳台上哭着跟母亲挥手告别，母亲站在楼下同样泪流满面。两人相顾无言，唯有泪千行。大概母亲意识到这样哭下去会没完没了，决然地转身，头也不回地走了，留下我这个从没有一个人离开长沙来到外地的孩子，独自应对接下来几个月的生活。

在家时，因为都是从小一起长大的小伙伴，所以我们打打闹闹，我可以做"孩子王"，但是面对广州陌生的环境和周围一群大讲粤语的陌生人，我一下子陷入了无助和孤独。加之他们当地孩子本身对外来户的排斥，更让我变得孤立无援。再加上来广州本就是一个突然的决定，所以我这个温室里的花朵骤然被风吹日晒一下子变得手足无措，连最简单的生活问题都搞不定，我不会洗衣服，不会洗餐盒，不怕大家笑话，我那时甚至还会尿床，十岁了睡觉还"画地图"，自然成为队友们的笑柄。

生活上的困难还可以草草对付，学习上的问题却让我无能为力。因为体校里基本都是广东人，所以老师讲课全用粤语，我自然一句也听不懂。为此，体校的教练专门把我安排到外面一所讲普通话的学校上课，我还记得那是广州当地很好的一所学校，名叫先烈东小学。于是，每天早上7点，一个体育老师都会在体校门口等我，骑车载我去先烈东小学上课。那时先烈东小学旁边有一个卖肠粉的摊位，就是一辆三轮车拉着好多层蒸笼那种，我跟体育老师都会吃一碗肠粉做早餐。肠粉两块钱一份，用刀切好，放酱油和辣椒，特别好吃。后来长大后每次去广州比赛我都会满大街找肠粉店，却再也吃不到那时的那个味道。每天早上美味的肠粉，算是那段不算美好的经历中最美好的回忆了。

　　总之，陌生的环境和差劲的自理能力给我的学习和生活带来了极大困扰，试训的效果自然可想而知。不过现在想来，我却是从那时起便与广州结缘，几年后又一次造访广州，待了近一年之久，那是后话，后面会提。曾经试训的体校如今早已被拆除，变成了天河火车站，距离我后来一次次征战的天河体育馆咫尺之遥。所以每次去到广州，我都会觉得莫名地熟悉，大概这也是广州成为我"福地"的原因所在吧。

06
是"魔鬼教头",也是铁血柔情的恩师

在广州经历了两个月艰难的试训后,湖南省队来我们学校招人,我也如蒙大赦般回到长沙。因为我不俗的成绩和宋教练的极力推荐,我顺利地从业余体校被选拔到湖南省体工队。

那年是 1995 年,我十二岁。

"省队"两个字,对于一个十二岁的孩子来说,只是一个比市业余体校更高大上的单位,至于更深的含义却似懂非懂。从大人们的描述中我知道,那是我应该去的地方。去到省队时,因为离家较远,我开始了寄宿生活。经过了广州两个月的挫折和磨炼,我的独立能力提高了许多。因为是熟悉的环境和熟悉的朋友,我对未来的生活又充满了好奇,也满怀期待。但没想到,进入省队首先收获的并非梦想成真的喜悦,而是意料之外的当头棒喝。

省队的教练们,不像宋教练一样,对我抱着欣赏和称赞的态度。

和业余体校相比，省队里云集了当时从全省各地选拔来的精英。和我年龄相仿或比我大一些的队员加起来一共有二三十个，在我看来简直就是高手云集。曾经在业余体校一直很出色的我，放在省队里就不那么显眼了。省队的教练非常严格，只要训练对抗中出现一点问题，教练都会很严厉地批评并指出问题所在。这对于从小在表扬声中长大的我来讲绝对是一种打击。

几次三番这样下来，只要看到教练脸色一变，我的心情就格外紧张，生怕做错了什么又遭数落。在那种如履薄冰的心态下，原本可以做好的事情也变得越来越糟糕了。自然而然地，进入一个恶性循环。我的心态开始烦躁起来，甚至难以承受——自己以前打球任何方面都没有问题，为什么现在哪里都不对？慢慢地，我产生了逃避心理。此时，散布于训练基地四周的电子游戏厅成了我们这些孩子最好的慰藉。在那里，沉浸在三国英雄们的快意恩仇、街头霸王的炫技比拼里，训练场上的不安与不快一下子都烟消云散了。

也就是在这个时候，我的第二位恩师张绍臣终于出现了。张教练是湖南省羽毛球男队的主教练，他在训练基地一向以严苛闻名。虽然如今我称他为"恩师"，可在相当长的一段时间里，我心里默念的却是"魔鬼教头"。

关于"魔鬼教头"的魔鬼训练，有些事我到现在都记忆犹新。记得有一次是练习多球，就是有成百上千个球，你要一个一个地练习击球，重复一个动作。练着练着我脚上的老茧裂开了，钻心地疼，脚下没法移动，我就趴在地上不动了，跟张教练求饶。可是他摆出一张完全没有人情味儿的脸，说："没关系，接着打，我陪着你练。"我只好强忍着脚痛咬牙再打。那天打完，我哆哆嗦嗦地走回宿舍，甚至都出现了尿血。

在生活上，"魔鬼教头"也是个不近人情的管家，有着铁打不动的生活作息规律。每天 5：50 准时出现在我们宿舍楼下，冬天披星戴月，夏天风雨无阻。为此，我们在那段时间里一直叫苦不迭，能够多睡哪怕十分钟的懒觉都成了奢望。记得有一年苏迪曼杯，张教练被请去做解说嘉宾。那天的比赛一直到凌晨 4 点多才结束，知道这些的我们简直欢欣鼓舞，心想终于可以破天荒地睡一次懒觉了。可是谁知道早晨 5：50 张教练的身影在楼下准时出现，我们才意识到我们这点小侥幸的心思实在是 too young, too naive。

晚上，张教练要求我们必须 9 点半上床，10 点钟关灯睡觉。为了配合晚上熄灯后对我们的突击检查，"魔鬼教头"还练就了"魔鬼的步伐"，真正是神出鬼没，神不知鬼不觉。开始时有的队友还曾想尽办法试图挑战张教练的管教，结果不得不服，再顽劣的人在他面前都变得乖乖巧巧。在训练基地的院墙边有一条路，那是张教练从家走到基地的必经之路。张教练魔鬼一样的身影在那条路上越走越近的画面，在很长一段时间里都让那个十多岁的我感到心惊肉跳。

张教练接手之后，对我们最大的"伤害"便是想出去玩简直是不可能。就算好不容易出去了，要不了多久也会被他逮回来，根本就休想逃过他的火眼金睛。我们千辛万苦翻过围墙来到了游戏厅，买了硬币到机子面前坐下，刚开始有些状态，他就会神不知鬼不觉地站在你的后面，阴沉地问一声："你在干吗？"一句话吓得我们屁滚尿流。有时我不太确定，也祈求后面站着的不是他，带着这种绝望的侥幸缓慢回过头，没有奇迹，每次都是张教练站在那儿。每次这个时候张教练都不会再多说一个字，只是面无表情地看着我们，但这种沉默的威严才最让人害怕。他挨个看了我们一会儿，转身就走。当然我们也是知趣地马上紧跟其后，哪怕再恋恋不舍，哪怕是游戏进程正好在关键时候，都得乖乖回去。至于之后的遭遇，不提也罢……

回忆，真的是一件魅力十足的事情，敲下上面的文字时，好几次我都禁不住哑然失笑。不管当时的情景如何惨痛、悲凉，但时过境迁，若干年之后回想起来，总是会多多少少地涂上一丝暖色。如果你以为张教练只是这样一个冷血的魔鬼，那就错了。其实再回忆起那些往事，我忽然觉得用另外一个词来描述张教练似乎更合适，便是"铁汉柔情"。是的，张教练的魔鬼特质只是体现在训练和管理上，而除此之外的私下时间里，这个不苟言笑、不近人情的铁汉也有柔情的一面。

平时张教练会跟我们这些脱离了父母管教的孩子讲好多做人的道理，比如关于孝顺，关于诚信，关于简朴。他其实心思细腻，会关注到我们生活起居的各个方面。他时常教导我们食堂里的饭菜要吃干净，时刻当思一粥一饭来之不易。那时我们过完周末之后，有的队员会由家长在周日晚上之前送回队里。张教练每每都会利用这段时间跟队员、家长搞个"三方会谈"，跟父母通报队员在队里的进步，希望父母一定要继续支持；跟队员讲述父母的不易，叮嘱队员千万要珍惜，有时一谈就是一两个小时。日后用以指导我人生的好多朴素但正确的道理想来都是从那时起受张教练潜移默化的影响的。进了省队之后，有的队员离家比较远，有时连过年过节都不能回家。每当这时候，张教练都会热情地邀请他们到自己家吃饭。一边吃饭一边谈笑风生，这铁汉到柔情的转变还搞得好多队友一下子不适应。所以，表面上张教练呈现的是恨铁不成钢的严苛管教，心底里流淌的却是父母对儿女一般深沉的爱。

我本质上属于比较乖的孩子，所以在张教练的管理下一门心思投入训练上，不管是多么魔鬼的训练安排，我都会保质保量地完成。我的态度很受张教练的喜欢，我的努力也被他看在眼里。在这里，我不得不说自己还是有一点小小的骄傲的——我从小到大都非常有耐性。就像我们湖南人经常说的：吃得苦，耐得烦，霸得蛮。正是因为有这种耐性，当好多队友因为管理太严受不了约束，或是觉得训练太苦太枯燥而纷纷选择离开时，我坚持一路走下去。说起耐力，在这段时间里，我的另外一项爱好对提高耐力也有助益。

上学之前，我曾上过几节书法课，刚学会"一""二""千""水"

这几个字怎么写，就被挑到了业余体校，使得刚刚起步的书法学习暂告中断。进入省体工队不久，妈妈得知她同学的女婿是书法老师，便又重提书法这回事。她对我说："艺多不压身，我觉得毛笔字这个特长不能丢，你还是接着学吧。"尽管百般不愿意，可我还是被我妈带到了大小李老师那。于是在那段时间里我一直过着周一到周六动如脱兔地打球，周日静若处子练字的日子。

现在细想起来，我并不讨厌练字。我学习书法的过程跟当时学羽毛球是一样的，都是从最开始的不愿意到慢慢习惯，再到真心喜欢。随着慢慢练习，我的隶书、行书、草书都有所长进，还有几幅作品拿到日本和新加坡参加比赛且都得了金奖，奖状至今还放在家里的橱柜里。这些小小的成绩又进一步激励我坚持练习。大概在十几岁的某一次练习中，我隐约感受到了心如止水的心境。那种感觉像是高僧得道时的顿悟一般。我清晰地记得就在那次书法课后我跟母亲说了一句话："我觉得心里好踏实。"从此，即使不是为了参加比赛，这个练字的习惯我也一直保持到现在。每每在训练或者比赛后心烦意乱的时候，我都会强迫自己安静下来写一些字，慢慢地，心绪变得平和，这也成了我减压的一种方式。

渐渐地，因为我较好的表现，张教练无论在生活还是训练上，似乎对我都多了一份特别的照顾。为了提高技战术水平，张教练还会从各个方面对我展开针对性训练。十几岁时的我，性格特别腼腆。如此性格在比赛中的体现便是有时虽然技术上不输人，却因为在气势上不够斗狠而让对手占了上风。也因为内向的性格，我经常在一些集体活动中缩在角落里，以避免成为当众讲话或者表演的那一个。然而为了锻炼我的勇气，有一次在队内的联欢会上，张教练非要逼我上台唱歌，唱那时正在流行的《心太软》。我紧张至极，打死不唱。张教练的倔劲儿也上来了，喊停现场一切活动，让所有人陪着一起等。最后没办法，我只好红着脸硬着头皮唱了歌，现在想来真是羞愧难当。再比如当众大吼，也是张教练为了改变我的个性而对我制定的专门训练。那么多年过去了，我的性格慢慢外向开朗许多，这都要感谢张教练的魔鬼训练。

其实还有一段心酸的往事。我刚进省队没多久，因为湖南省羽毛球男队一直在国内各项比赛中拿不到成绩，一度传闻我们刚选上来的这一批队员要被解散。越没有成绩，队员们也越没有信心，陆续地，我们那一批八个人走掉了七个，最后就只剩我一个人在张教练的管带下训练。一段时间之后，父母考虑到我未来的发展，便跟张教练商量送我去广东。张教练虽不想让我走，却实在无力挽留。于是，几年之后我再一次南下广东，只不过这次去的城市是深圳。

在深圳训练了一段时间后，我又随着广东省队的选拔再次去了广州的广东省体校。那次在广州，我平生第一次见识了台风，听着台风来时屋外的厉声呼啸，看到台风过后倒下的电线杆子和满街凌乱的树枝和叶子，我被吓得不行。广东省体校的训练条件有限，甚至还不如湖南队，场地都是水泥的。我们十个人住在同一间宿舍，当时我的舍友中就有后来成为国家队队友、"风云组合"的傅海峰。经过大半年的训练，我凭借良好的表现进入广东集训队，准备要往广东省队输送。这时候，湖南省的男队也在国内比赛中打出了好的成绩，张教练又开始重组我们那一批人马。张教练惜才，苦口婆心劝了我母亲好久，终于把我接回来。不止劝回了我，张教练还一个又一个地劝回了其他走掉的七人。在这件事上，可以说如果没有张教练，便没有我们那一支湖南省羽毛球男队。

人员重新聚合，训练照常恢复。在张教练的督促训练下，我的水平提高得很快。1995年湖南省第八届运动会上，我代表长沙市队夺得男单冠军、团体冠军和男双亚军的优异成绩，并以此得到了人生第一笔巨额奖金800元。那年年底，罗毅刚、龚睿那些师哥师姐进入国家队，临走时，他们给我留下了一件国家队的训练服。那件衣服我时常拿在手上看，却一直没有穿。那时我的心里已经开始有了一个声音："打进国家队，成为国家队队员，亲手拿到真正属于自己的'国字号'衣服。"

07
树木岭上的快乐时光

　　我们当时在省队训练的地方叫湖南省长沙市树木岭体院。那里是一个综合的训练基地，除了我们羽毛球队，还有柔道队、拳击队、体操队等好多队伍。一听"树木岭"这个名字，想必你也能猜到几分。没错，我们的训练基地就是建在一座山上，还是一座市郊偏僻荒凉的山上。进出体院的交通很不方便，上山下山都要徒步跋涉很长的山路。当然，因为是座山，也就有山的乐趣。树木岭就像一个开放式的生态园，特别是到了夏天，那可真是热闹非凡。每当夜幕降临，蛇、鼠、蜈蚣及各类昆虫就会出来聚会，凡是有植物的地方，各类声音就会响成一片。

　　我平生第一次看到蛇就是在树木岭上。那是进体院不久，老听人说山上有蛇，走路要小心，我却一直都没见过。有次，听到有人抓了一条蛇，我就赶紧跑去凑热闹，挤进去一看，一个男队员正用根竹竿顶住一条蛇的头，蛇的身子在挣扎扭曲着。那是一条黑色的大蛇。大家你一言我一语，议论着接下来要怎么办。后来僵持了好久，我因为还要训练便走开了。听说那条蛇最后竟然突破了众人的围追堵截，逃出生天。自那以后，我在树木岭上走路时便都格外小心起来。

树木岭上的老鼠也相当多，多到有的鼠小弟干脆举家搬进了宿舍与我们同住。到了晚上，鼠小弟一家就会出来伸伸懒腰，吃吃小食，咯吱咯吱聊聊天。我经常能在昏睡中听到它们的啃食声，有时还害怕自己搞出动静坏了它们的雅兴。印象中，鼠小弟们似乎不曾咬坏我们的衣物，却会在我们的衣服箱子里下崽儿。我曾经亲眼见过三四个刚出生的幼鼠，全身透明，血管都看得见。它们眯着眼睛，萌萌哒，很是可爱。我这人善良的本性在那时就表露无遗：我用破旧的衣服给鼠小弟一家做了一个新的窝，把它们放生了。

如果问在树木岭体校的训练生活中什么事情最让我印象深刻，必然有两件：一是吹号，二是出早操。

在省队训练，号声就如同命令，而且军令如山，一天三遍。早号夏天是6点吹，冬天稍晚些，是6点半。早号先是一组嘹亮的起床号，接着是"五星红旗迎风飘扬，胜利歌声多么响亮"的曲子，连放两遍，慷慨激昂。我想那应该是让所有体校队员最印象深刻的声音了吧。印象中，早号声总是没有任何前兆地突然就响起。那种感觉就像你正在梦的温柔乡里流连，却突然有人掀开你的被子，用十匹马把你从床上硬拉下来，马还止不住地在你耳边嘶鸣叫唤：红旗都飘扬了，你还不起来？为了与这种难受的起床感觉做斗争，我有时会自欺欺人地把闹钟调早一个小时，一来为真正的起床做个准备，二来也哄骗一下自己，可以再睡一个小时。

其他季节还好，最惨的是冬天的早号。南方的冬天阴冷刺骨，房间又没暖气，只有厚重的被窝里才是温暖的存在。然而，早号声骤起，幸福的感觉立马远去。那一刻真想把宿舍对面楼上播放号声的大喇叭给卸下来。别说，还真有人拿着仿真枪朝喇叭射击过，但无奈距离太远，没能得逞。每次我都会挣扎着多睡个两三分钟，又睡不踏实，边睡边在心里计时，多希望三分钟能像三个小时那么长啊！不能再磨蹭了，我咬咬牙，奋力摆脱被窝的拥抱，裤子有时都是边走边穿的。教练员会根据号声来判断我们迟到与否：当集合的号声结束，还没站进队列的就算迟到，要罚。迟到了的人也会编造各种借口，比如头一天太累起不来，门缝合死，窗户关得严听不到号声，还有人竟然会说，我以为某某会叫我，结果某某也来了一句同样的话，最后弄成相互诋毁。不过，无论我们怎么编，过关的几乎没有。虽然得以多睡一会儿，然而被训斥或者罚跑圈的下场却很惨。

所谓午间的号声其实是放歌曲。鉴于早上的号声轰轰烈烈，出于补偿的考虑，中午改用歌曲确实平了不少民愤。我记得那时放的歌曲是周华健的《让我欢喜让我忧》："爱到尽头覆水难收，爱悠

悠恨幽幽……"我那时并没有任何想学会这首歌的想法，但在日复
一日的强制聆听下竟然能够在不经意间哼起。直到现在，我一听到
这首歌的前奏，整个人的思绪都会立马飞回树木岭。

　　晚号是熄灯号。每当熄灯号响起，所有宿舍楼的灯火都会唰地
一下随着号声熄灭，只剩值班教练和老队员的房间还透出一丝光
亮。灯是熄了，可那么早，哪睡得着啊！年轻人精力旺盛，长夜漫漫，
不想荒废，总想做些什么，但又忌惮随时会来查房的教练，所以多
数时候只能躺在床上聊天闲扯。有时觉着教练大概不会来了，才偷
偷起来打牌。总之一个原则：不睡觉！谁知有时教练就是故意磨蹭
着等我们把犯罪现场搞大了之后才神不知鬼不觉地出现。什么也不
说，把灯一开，我们全都傻眼，一种被捉奸在床的既视感。特别是
那些还穿着内裤，踩着拖鞋到处溜达的人，真是春光乍泄，尴尬不
已！那些躺在床上刚刚还在嚷嚷的人则一秒进入装睡模式。装睡是
一门技术活儿。灯一亮，教练两眼一扫，不管姿势多么别扭，肯定
得一动不动，真是任尔如何照妖镜，脸皮也能筑城墙。演技更高超
者，还会假装睁开迷离的双眼，一脸迷茫又略带惊奇地问道："啊？
怎么回事？哦！教练好！"那可真是加分的表演！恰到好处好自然，
但要演得不像或者用力过猛，被教练识破，就得按"挑衅罪"论处
了。我的演技一向不好，所以每次就什么都不说，只是"挺尸"，
插一足不如少一事啊！

　　要说运动员的夜生活是无聊的，我还真不赞同。树木岭那无尽

的黑夜是扑不灭我们内心燃烧的激情之火的。记得 1998 年法国世界杯如火如荼进行的那段时间，宿舍里不知谁弄来了一台黑白电视机，还是没有天线的那种，但这已经足以让我们视若珍宝，宿舍似乎也一下从简陋的招待所一跃成为酒店套房。也是从那一年开始，我跟风看足球，记住了罗纳尔多、齐达内之类大腕儿球星的名字。尽管电视屏幕一半是图像一半是雪花，尽管画面隔两秒就跳动一次，尽管每个人的眼睛都被折腾得眯成一条缝，我们却还是乐在其中，乐此不疲。当然，也少不了拨弄天线和捶捶打打的常规动作，所以电视机上头总是放着不知主人是谁的臭球鞋。自从有了那台电视机，大家对夜晚的期待值一下增加了，从早上起来就盼着太阳赶紧落山。

夜晚来临，待教练查完第一遍房后，我们便开始行动。为了防止电视屏幕漏光，我们就用被子遮住门上面的窗户，门底再塞上毛巾，窗户那边同样也用被子再加一层毛毯挡住。一切无误，再满怀期待地打开电视。刚开始时总是有些紧张，所以把声音开得很小，算作试探。过了一会儿没有动静，便放心观赏起来。大伙儿把早就备好的各种零食拿出来，边吃边看。我们如此逍遥了一段时间，直到那一晚。

阿根廷小组赛一路过关斩将，终于来到八分之一决赛。1994 年世界杯后，以马拉多纳为代表的很多名将退役，阿根廷这次重整旗鼓，虽是正在更新换代，队里却也不乏天才和巨星，他们的打法配合也让人眼前一亮。当然，我得承认，上一句的专业点评都是我那时听来的。我就是跟着凑热闹的，之所以对那次比赛记忆犹新，完全是因为比赛之外的事情。那晚我们特别兴奋，除开球赛已经进入更加精彩的淘汰赛阶段外，还有就是第二天是周四调整日，可以不用早起。那天有人特意买了一瓶酒，我们每人分得一小杯，看着球赛，想着明天，小酒一酌，实在是爽歪歪！

然而比赛正进行到扣人心弦时，忽然外面传来一个熟悉的声音，"你们在干什么？"我们面面相觑，一下子惊醒：是教练！一伙人赶紧关了电视，作鸟兽散。房门被打开，灯一亮，教练慢慢走进来，看着满屋狼藉和床上一具具大气不敢喘的"尸体"，他幽幽地说了一句："那就先睡觉吧，明早再说。"然后就离开了。我们终于吐出了憋了半天的那口气，但是"明早再说"这句话却让我们紧张了一晚上。

"明早再说"的结果便是，电视机被没收了。

相对于早睡而言，早起出早操是让我们从生理到心理上更难以接受的一件苦差事。在省队的那些年里，只要天气情况允许，我们早上都要跑步，有时在基地内跑田径场，有时出去跑越野。那时的跑步是为体能打基础，教练会有要求，不是随便跑跑热热身那么简单。每到冬训期间，要求还会更高。教练跟我们最常说的一句话便是，"俗话说，冬练三九，夏练三伏嘛。"

　　尽管我们一百个不愿意，还是得很卖力地跑，不然可要挨罚。有时天气会帮我们的忙。南方雨水多，雾也多，每到下雾的时候，我们心中就会暗喜，因为可以借着雾气的掩护作个小弊。办法很简单，雾天的田径场能见度也就十多米，而且教练一般只会站在起点也就是终点的地方监视，不会跟我们一起跑。我们只要在起跑和冲刺的一百米快跑，其他两百米便由我们来控制了。有自作聪明的队员便会跑出教练的视线后沿着球门斜插过去，这样可以少跑几十米，节省一些时间出来走路，既轻松许多又不会超时。那时候吧，我明明知道那样做只是自欺欺人，表面上看是欺骗老师，实际上却是自己吃亏，但年轻人的心理就是很奇怪，当大家都在偷懒时，我还坚持不偷懒就会被大家笑话了。所以碍于面子，我也好几次加入了开小差的队伍。

　　但越野跑就不是那么好偷懒的了。因为越野的路上有很多岔路口，很多都不知通向哪里，如果错了，多跑了冤枉路不说，还可能会迷路，所以我们不会轻易冒险抄近道。其实，在所有训练项目中越野跑是我最喜欢的。因为越野时我可以看到树木岭上的景色在我身边不断变化，比在田径场单调地跑圈有意思多了。虽然每次跑时也很累，哈欠打个没完，但是心情还是很舒畅的。

　　现在，好多次在羽毛球学校看到刚开始学打球的孩子们就可以享用最好的装备时，我总是不胜唏嘘，想起我像他们那么大时寒酸的往事。我在树木岭上训练的时候，正是物资匮乏的年代。那时别说是一副好的拍子，一双好的球鞋，连得到一根好的球线都能让我们高兴好几天。

记得刚进省队那会儿，我们的拍子都是用花线编成，那是一种不知用什么化纤材料制成的最差的球线，现在已经见不到了。记得有一次，我中午吃完饭回宿舍，路过老队员宿舍时，正看到一个老队员因为没带钥匙进不去门，在门口等。他叫住我，问我能不能从宿舍门上面的窗户爬进去替他开一下门。我看了一下那个老队员，身宽体胖，肯定是钻不进那个窗户的。我则高高瘦瘦，身材刚好，于是我义不容辞地照做了。进去宿舍后，老队员十分感谢，我说没什么，便要走。他一下拉住我，一边拉开抽屉，从中拿出一副好的球线塞到了我手里。我当时看着那宝贝一般的球线，简直不敢相信自己的眼睛：没想到一次举手之劳可以得到如此丰厚的回报。

跟运动员分等级一样，那时树木岭体院的食堂也分成三等：集训队的饭菜套餐是 10 块钱一份，专业队是 25 块钱，拿过成绩的元老们则享受 35 块钱的待遇。食堂也按照三种价格分为三个区域，各守规矩，不得乱入。饭菜的质量差别从价格的差价上就可以推算出来。举个例子，比如我们的主食只有馒头，专业队的饭菜里就有肉包子。那时我就想，我们这些新人不是更应该吃得好一点才能取得更好的成绩吗？我没法改变规则，只能乖乖服从。那时我人生的梦想之一就是能早日跨入吃 35 块钱食堂的行列。

记得那时还有一个规定，就是每天早上 6：50 食堂会提前发放一部分肉包子给我们这些集训队平时只能吃馒头的人。不知道是不是为了增强我们的竞争意识，那些少得可怜的肉包子是面向所有项目集训队的，意思是我们需要跟那些五大三粗的摔跤队和柔道队的人抢包子。狼多肉少，加上我身形单薄，一开始总抢不到。实在憋屈，有一次我起了个大早，占据了食堂开门前的有利位置，发誓要抢到几个肉包子，打打牙祭。可没想到食堂门一开，我一下子就被后面拥上来的人挤到了一边，整个人就像照片一样贴在了栅栏门上，等人潮退去，我才掉下来。待我连滚带爬跑进食堂时，肉包子连渣都不剩了。

慢慢地，我越打越好，进入了专业队，也吃上了有肉包子的套餐。但是我最终还是没有吃上 35 块钱的，因为我提早进入了国家队，离开了树木岭。

在荒郊野岭的树木岭上的训练生活确实有些枯燥，乐趣都得我们自己去找。你要相信一群不安分的年轻人，到哪儿都不会让这个世界寂寞。没有足够的娱乐设施，我们便靠山吃山。那时基地外不远处有一片菜地，大概是山上的农民种的。好些队员闲着没事便跑到菜地里去偷芋头、红薯之类的东西。至于偷来做什么我完全不记得了，想来应该就只是为了找刺激。

再比如我们会在休息日里闲来无事爬到山上五六十米高的水塔上，只是为了比比谁的胆子大。我记得我们还一起坐在水塔的边缘上远眺长沙市的风景。退役后我回树木岭体院时还专门去看了那个水塔。光是站在下面看着那顶端的边缘，我的腿都有些发软，打死我都不敢再上去了。

过去省队的队友之间提到树木岭的训练和生活时，总开玩笑说那是八年抗战。的确，树木岭的那几年确实是练球生涯中最艰苦的岁月，以至于后来到了国家队，那么轻松的训练让我感觉宛如天堂。现在回想起来，我还真是很佩服那时的自己。同样，那几年也是真正为我的羽毛球生涯夯实基础的一段时间，不然哪有来到国家队时的长足进步？当然，树木岭上也记载了我永生难忘的快乐时光。如果说树木岭体院艰辛的训练生活是一块画布上的灰色背景的话，那些有点"离经叛道"但又无伤大雅的趣事便是其中的五彩点缀，正是它们让这幅画变得生动多姿。

Chapter 2

一步步靠近世界冠军的梦想

这一刻终于来了，我怎么可能再次退缩？我挴了挴球上的羽毛，深吸一口气，心里只有一个声音在呼唤着，必须赢，没有退路，我必须赢！这样的体验，在我以前的比赛中从来没有出现过。我已经不在乎身外的整个世界，只跟随着内心的呼唤前行。

08
就想要一套国字号队服

　　我在省队练得用心，加之张教练的呵护，我进步很快，自我感觉也非常好。可与自我感觉相比，现实总是更加残酷。因为在那个年代，在比赛中修改年龄以至于以大打小的现象并不鲜见，所以我的竞争对手不光是 1983 年这一批的队员，还有 1982 年、1981 年出生的对手。在当时的全国青年锦标赛里，我的成绩往往只是在前八左右徘徊。

　　从 1998 年开始，我开始参加中国青年队的集训。后来才知道，能够进中青队，张教练为之费了很大的劲儿。当时在省队，我和郑波的表现是最出彩的。张教练就一直向国家队教练组推荐，"我们那儿有俩小孩，是很好的苗子。"但国字号的队伍可不是省里有人推荐就能够进去的，还需要在一系列的集训和比赛中有好的表现才行，这就是国家传统的梯队形式。

　　那段时间，我一边在省队接受常规训练，一边还要定期到外地参加中青队的集训，顺便接受国家队教练组的考察。

　　中青队的生活之于十五六岁的少年，也如一粒梅子般青涩酸甜。初到中青队集训，自然会交到很多其他省队的新朋友，加之训练又比湖南省队轻松许多，所以整个人的状态也都放松下来。可每当我的双脚想要蹦跶着离开地面飘飘然时，也总会被理智拉回到地面。中青队的训练没有省队苦累，但是竞争之激烈却是省队难比的，因为每一次比赛的表现和成绩都会直接影响到是否可以去国家队打调赛。那时和我同批的包括林丹、傅海峰等，都是一等一的好手。后来新鲜轻松劲儿一过，心中取而代之的是前所未有的时不我待的紧迫感。没有了张教练的督促，我也还是每天都在告诫自己，一定要加油！

　　这期间发生了一件事，现在想来大概促使了我的命运转变。那就是在 1999 年的全国锦标赛上，我代表湖南队跟夏煊泽代表的浙江队交战，当时夏煊泽已经是国家队的正选队员了，实力自然高我一截。但当时那场比赛我的状态出奇地好，加上初生牛犊不怕虎的狠劲儿，结果竟然以 2 比 0 赢了下来。也就是那场比赛，让我受到了国家队主教练李永波的关注。

　　功夫不负有心人，终于在 2000 年 3 月，我获得了到北京打调赛的机会。所谓的调赛，主要是和年龄、水平都在我们之上的国家队对手打。国家队教练则会在一旁观战，评估年轻选手的技战术能力是否达到国家二队的要求，是不是还有潜力可供进一步挖掘。

在我参加的所有调赛中，最出彩也是最关键的一场，是和陈郁的较量。陈郁来自广西，比我大两岁，在来到北京之前，我已经听说过这个名字。

当实力名气都在我之上的陈郁穿着国家队球衣站在球场的那一端时，我刹那间石化了——气场真是太强大了！对我们还没有迈进国家队门槛的人来说，最敬畏的便是那些穿着国字号衣服的人，那件前面镶有国旗、背后印着"CHINA"字样的衣服足以让我们迈不动脚步。

短暂的走神后，我马上想起了自己此行的使命，并燃起了不一样的斗志：一直以来自己的愿望不就是能有一套这样的装备吗？现在机会来了，我一定要抢到这样一套帅气的衣服！可想而知，比赛厮杀得异常激烈，鏖战了三局。陈郁的进攻凶悍，力量与速度都在我之上，但我的点杀也让他难受。更为重要的是，我当时的心态可能更好一些，毕竟我是去冲击，而对手则是守擂者，所以他时不时会出现一些因为保守紧张而导致的失误。最后，我成功战胜对手！我举起双臂，拖着微微发软的双腿跳了起来。我收获的不只是自信，还有国家队教练对我的肯定。

奖励，不仅仅是精神层面的。在比赛进行到第三局的时候，一次防守时的大幅度跨步把鞋子外边撑破了一条大缝，半只脚都露在了外面。我当时异常尴尬，东张西望不知道该怎么办。那次我就带了这一双鞋，比赛又打到了关键分，换是来不及了，只能硬着头皮坚持下去。这个小插曲也让我日后在成为队友加好友的陈郁面前有了臭显摆的资本。

比赛第二天，一双崭新的国家队队员才会穿的歪歪（YONEX）球鞋放在了我的跟前。张教练递给我时，我还觉得有些不可思议，就像接到了天上掉下来的馅饼。所谓"目标"二字可以虚无缥缈很抽象，也可以触手可及，很具体。我为了一套国字号队服的激励赢了比赛，还得到了一双国字号的球鞋。

经过三次中青队的集训和调赛的考察，我终于如愿以偿来到了北京。

那时候国家队进人的编制很少，不像现在这样一进就是一批。我记得我们那一个年龄段，就进了我、林丹、邱波辉三个人。

我以前也来过北京，但从来只是把自己当作一个匆匆的过客。然而这一次，我终于有了主人的感觉。那是2000年6月的一天，我拖着行李走出北京站大门，一束温暖的阳光劈头盖脸打下来，让我一阵眩晕。我定下神重新睁开眼，看到天空蓝宝石一般剔透，周围熙熙攘攘的嘈杂声也变得亲切起来。北京的一切，都让我好奇。我迈开大步向前，准备迎接人生新的篇章。

国家队的训练场馆位于天坛东路的国家训练总局院内，外观上显得有些沧桑，但内部条件却是超一流。每一片场地的灯管悬挂都恰到好处，木质的地板上铺的都是YONEX的皮胶。羽毛球队的训练馆在五楼，第一次进去训练，一进门，对面墙上挂着的大幅照片便赫然映入眼帘，一张张都是中国羽毛球队历届的世界冠军。老冠军们在醒目的位置上看着我们，激发着每一个年轻人的冠军梦想。每一次看到这些照片，我的心里也总会有个声音响起：努力吧，鲍春来！

09

终于，我进了国家队

　　在国家队，大家都是十七八岁的年纪，不会有谁欺负谁，也没有像在省队里老队员对新人说话毫不客气并要求做这做那的"地方习气"。我很快发现，国家队的每一个个体更接近于原子似的存在：要想让别人尊重你，唯一能做的就是证明自己的实力。这样的变化对那时的我来说影响还是蛮大的。个性上我其实是一个比较依赖别人的鼓励和引导的人，我一路走来之所以那么顺利，在很大程度上是靠了父母的信任和宋教练、张教练的优待和表扬。然而来到国家队，没有了父母的建议和熟悉的教练的指引，一切都得我自己拿主意。

　　国家队强手如林，大家的水平都在伯仲之间，对抗起来，不管是体能技术还是战术心理都和省队其他选手不同。因为我们只是二队队员，鲜有直接参加国际顶级比赛的机会，所以教练也就不急着

教授我们技战术的东西，而是玩了命地训练我们的体能。每天早上
7点开始的 1600 米 ×4 是雷打不动的项目，开始那一段时间，每个
人都练到早饭都吃不下去。一天的训练下来，往往都累得死狗一
般。在二队时，训练上的事情基本没什么可讲的，"苦累"二字即
可概括。年纪轻，练得狠，吸收快，我觉得自己每一天都在进步。
渐渐地，在训练和对抗赛里，我能赢一些球了。这些胜利，给我带
来了更大的自信。在陌生的人群里，我开始学会给自己引导和鼓励。

　　在国家二队期间，带我们的教练是伍佰强。伍指导训练起来有
股狠劲，印象最深的是发多球，第一个球还没接，第二个球就来了。
他觉得体能是基础，在成为一队球员之前必须把基础打牢。

　　伍指导是广东人，普通话不太标准，每次布置训练内容的时候
总是夹杂着一些广东口音。举个例子，今天的训练计划是上午练体能，
下午练技术。他会把上下两字说得很模糊，站在底下的小伙们面面
相觑，到底是上午技术还是上午体能呢？有的队员就会问，他则大
声重复一遍："我跟你说了嘛，是上（下）午。"无奈，空气沉静
了，谁也不敢再问，只能大眼瞪小眼，其实还是没听明白……幸好，
伍指导脾气不错，很容易沟通，熟了以后，大家还经常相互逗乐。

　　关于伍指导的趣事还有很多，比如他最擅长"欲擒故纵"一计，
总喜欢"玩偷袭"。伍指导喜欢抽烟，有时会在给我们布置好了任
务后跑出训练馆解解烟瘾。一些"顽劣分子"便想趁此机会偷一会
儿懒，岂料，我们这些小算盘伍指导心里也是门儿清，所以他有时

就假装出去抽烟，实则转到训练馆的另一个门口偷看。而当我们以为他在偷看时，他可能又真的去抽烟了。总之，虚虚实实，令人防不胜防。

其实训练之外到处充满乐趣。第一次去国家队食堂吃饭的情景，依旧历历在目。食堂像一间大教室，前面的空地就是一个讲台，饭菜水果都摆放在那里，下面分布着几排座位。一般吃的是自助餐，所以饭菜都要到前面去打。我在国家队的第一顿饭，从头到尾的感觉就两个字："紧张"。当我们几个新兵蛋子排着队缓缓走进食堂大门时，几乎被一道道光芒晃得头晕目眩：孙俊、董炯、张军、葛菲、罗毅刚，这些已经在世界羽坛赫赫有名的、以前在电视中才能看到的明星，如今就站在我们面前，我们竟然还能和他们一起吃饭！正当我们错愕发呆时，他们也在打量着我们这些新来的人，有的还笑着跟我们打招呼。

看到他们打招呼，我心里却怦怦直跳，脸也开始发烫，于是赶紧低下头，快步走到最后一排，随便找个位置坐下来。当时大气都不敢喘，别说抬眼直视他们了。坐在位置上紧张兮兮了半天，我才发现饭都还没打呢。对于性格腼腆的我来说，在众目睽睽之下走到餐厅最前面打饭简直如炼狱一般。我一边哆哆嗦嗦地拿着勺子盛饭，一边在心里埋怨为什么食堂非要设计成这样！我把餐盘上摆得七零八落的饭菜端回座位时才算长舒一口气。正在心里骂自己怎么这么久时，抬头发现原来大家都是一个熊样。其他小队员也都不敢一人独行，而是抢着三三两两结伴上前，用飞快的速度盛菜，那个专注和专心，可谓"眼不离菜"。当然，也会有不幸落单的，比如桑洋就成了我们的笑柄。他上去打了一轮下来才发现盘子里几乎没有什么菜，水也就倒了半杯，他又不好意思单独再上去跑一趟，便只好象征性地吃几口，还假装不饿。似乎刚开始的那段时间里，我们好多人每顿饭都是吃个半饱，然后各自带着复杂的心情回到宿舍休息。

我们的宿舍紧挨在球馆的旁边，由以前的地下室改造而成。整个国家二队都住在里面。北京的冬天寒冷而干燥，所以室内暖气总是开得很足，让我这个在南方长大的孩子极不适应，总觉得浑身到处都是干巴一片。不过也有好处，睡觉那是相当过瘾。地下室的采光不好，一关灯，甭管白天黑夜，都是伸手不见五指，因此只要一钻进被窝，就想睡个天昏地暗，根本不愿起来。外面呼呼吹的北风，反倒起到了催眠的作用，让我一下子就进入了梦乡。

当时我们四个人一个套间，我的室友是陈郁、蔡赟、吴云勇。他们都比我大一两岁，我排老小。初来乍到，他们一个个还表现出对我这个小弟的照应：电视频道让我先选，水帮我打好等。但没几天，"特殊照顾期"结束，几个人原形毕露，开始倚老卖老，对我不再客气了。我又得把他们对我的"特殊照顾"统统还回去。慢慢地，大家以兄弟相称，也就混熟了。

我们所住的地下室的对面，和球馆相连的宿舍楼就是一队住的地方，俗称"小白楼"。地下室和小白楼的巧妙位置关系，意味着二队的队员每天从宿舍走到训练馆先要从地下走到地上，然后必须穿过小白楼。如果说虚无缥缈的梦想需要实实在在的东西来体现的话，小白楼就是我们这些年轻队员的梦想：只有证明自己，才有机会住进那里；只有住进小白楼，才是真正实力的象征。不知是巧合还是故意的安排，总之这样的路线时刻激励着我们年轻一批队员奋斗的步伐。为了这地下室到小白楼一步之遥的距离，有的人需要走几个月，有的人要走几年，也有的人甚至永远无法到达。

小白楼里还住着其他项目的队伍，比如篮球队。那时羽毛球队和篮球队是共用一个浴室，只是洗浴的时间互相错开。有一次，我为了不跟大家抢淋浴间，早早地来到浴室，想一个人占个先机，谁承想偶遇了还在集体洗澡的国家篮球队队员们。原本我一米八几的身高在羽毛球队已经算是高的了，但是那天，在姚明、巴特尔、刘玉栋、王治郅等一群巨人中间，我像个小鸡崽一样默默洗着澡。我清楚地记得，那时的姚明好瘦。

2002年，羽毛球队集体搬去了天坛公寓，关于小白楼的记忆从此成为历史传奇。

训练之余，我也有自己的娱乐和减压方式，那就是唱歌。唱歌对我来讲，一是天生的爱好，此外可以在训练比赛之余调节情绪舒缓心情。再累的时候只要哼出几句歌词，身心的疲劳立马减半。为了听歌，那时我经常会跑去红桥市场买很多 CD，那时我比较倾心的歌星有周杰伦、王力宏、陶喆等。其实唱歌这事后来几乎成了国家羽毛球队的集体爱好，上到李永波指导，下到好多年轻队员，大多都喜欢唱两句，也都能唱几首比较拿手的歌曲。李永波指导还在2006 年推出了个人专辑，所以在"歌星"云集的羽毛球队，一开始我基本上是不显山不露水，去 KTV 唱歌也只偶尔点两首拿手的，或者跟别人合唱。不记得是哪次比赛结束后，大家的情绪都 High起来了。刚到 KTV，我就一下子跳到沙发上拿着麦克风大声宣布："今天晚上看哥们儿的，谁都别抢我的麦克风！"于是当晚，我就唱了一个通宵没停歇。等我终于尽兴提议要走的时候，队友一个个从沙发上被喊醒，有人揉揉眼问："小鲍终于唱完了？我都睡了两觉了。"那晚过后，我就多了个外号——麦霸。

唱歌这个爱好，给我留下了许多美好的记忆。现在我的书房里还放着一张特殊的奖状——2006 年 9 月 9 日，福建晋江集训最后一天，队内歌唱比赛，我以一首《花田错》拿下了第三名的好成绩。

就这样，我在二队辛苦却快乐的日子过了有大概半年，一直到2000 年年底。

10
如愿从国家二队升为一队

　　虽然进了国家队，但我仍属于世青赛的适龄范畴。2000年年底，我和林丹入选了在广州举行的世界羽毛球青年锦标赛。

　　关于参加那次世青赛的内心动力，现在想来真是有点好笑。当时我们住的是四人一间的寝室，一个房间里只有一台电视机。国家队的训练生活单调枯燥，平时除了训练之外，几乎很少有其他的事情可干。队里的规定又极其严格，因此也甚少有外出的机会。于是，那唯一的一台电视机就成了我们仅有的娱乐。但是四个人爱好不同却还要同时观看，难免在如何使用电视机上出现分歧。有的想看球赛，有的喜欢听歌，有的爱看电视剧。而我，则觉得训练完一天，能玩上一两个小时的游戏机才是最幸福的事（那时的游戏机都是要插在电视机上才能玩的）。

　　得知自己可以参加世青赛，我觉得机会来了。

那时我的床尾有一个柜子，平常里面基本不放什么东西。有一天又没抢到电视机，我就看着那个柜子发呆。忽然间我想到，如果可以买台电视放到这个柜子里不就解决我的问题了吗？顺着这个路子我继续盘算：世青赛马上就要开始了，如果拿了冠军肯定就有奖金；拿了这笔奖金，我就能自己买台电视机；有了自己的电视机，训练后我想怎么玩就怎么玩！估计想到这儿的时候，那时的我肯定已经憋不住笑出声来。

那是我一生中第三次去到广州。11月的广州没有一丝寒意，第一天来到比赛场馆适应场地的时候我就觉出一种莫名的熟悉。经仔细辨认我才发现原来比赛所在的天河体育馆离十年前我所在的业余体校并不远，原来的业余体校早已拆掉，变成了现在的广州火车站。十年间一座城市的样子可以天翻地覆，但是内在的气质却不曾改变。或许正是这几分熟悉让我的心里平添了几分安稳，让我在接下来的几天比赛中也打得很顺。我先是帮助中国队夺取男团冠军，随后的单打也是一路过关斩将登上冠军领奖台。在半决赛中我淘汰了林丹，在最后的决赛中以3比1战胜了印尼选手索尼，还记得4局的比分分别是7比1、7比5、1比7和7比5。

那时，在珠海工作的哥哥成了我们全家的信使。每场比赛，哥哥都会跑到网吧，通过网络及时了解赛事，然后用手机发短信告诉在家里等待消息的父母。

　　似乎从男单半决赛之后，采访我的记者一下子就多了起来，广播里、报纸上、电视上到处都是我的新闻。那是我第一次大密度地被媒体关注，有一点懵懂的兴奋，但也没有太在意，因为心里全都被要买一台电视机的愿望占据着。当然，电视机的事是没法跟采访的媒体去讲的，可能讲了他们也不会信。反正对那时还是一个孩子的我来说，为了国家和自己的荣誉而去拼搏去比赛的欲望不能说没有，但总觉得没有一台电视机的刺激来得那么鲜活和实际。

　　回过头想想，人生何尝不是这样？很多时候，一个微小的，或者说像玩笑一样的愿望，总能给你带来力量和斗志。并不是每一件事成功的背后，都非得有一个多么宏大的志向。那年世青赛男单颁奖照片至今还挂在广州天河体育馆的走廊里。照片已经有些泛黄，但记忆中的灰尘只要轻轻一拭便会全然剥落。十多年前的一幕幕，历历如昨。

　　如愿拿到了冠军奖金，但是我买电视机的愿望最终还是没有实现。因为刚回到北京，我就被通知可以搬进小白楼了。

　　幸福来得太突然，我就这样破格升入了国家一队。

　　对于竞技体育来讲，永远不存在一劳永逸，也永远不允许有一丝停歇。进入国家一队意味着更大的责任为国争光，更大的压力，面对更强的对手。每个进入国家一队的队员首先要面临的事情便是：你得证明自己确实有实力待在一队。当时国家队有一个规定：所有二队的队员都可以向一队的队员挑战两场，凡是连胜两场的，就可以"直通"进入一队，而败者就得退回二队。果然，刚进入一队，二队的一名队员（记不清名字了）就向我下了"战书"。第一场比赛，我有些紧张，缩手缩脚，最后输了。中场休息时，我收到了"全知全能"的父亲发来的短信："第二场比赛是关键，你得把自己换个位置，把自己作为挑战者跟对方打吧。"那时一些这样的队内挑战赛会放在对外直播的商业比赛里来打，所以我知道父亲此刻正守在电视机前看着我。看到父亲发来的"指导思想"，我一下子豁然开朗，带着挑战对方的心态进入后面的比赛，结果打得主动又轻松，最后以大比分取胜。从此，我算在一队站稳了脚跟。

进入一队之后，我开始了跟二队大不相同的训练。如果说在二队主要练习体能和基本功的话，到了一队便更加注重实战的技术和战术的训练。表面上看起来没有了二队时大运动量练习的苦累，实则一点都不轻松。打个比方来说，我们从主要的体力劳动者变成了主要的脑力劳动者，而同时体力又一刻不能落下。

就在这时，我遇到了对我职业生涯影响至深的传奇教练，汤仙虎。汤导在中国羽毛球发展史上绝对是一位里程碑式的人物，林丹也曾在他的自传《直到世界尽头》中单独写过汤导对他的教诲。在当时的我看来，汤仙虎教练人如其名，作风方式带着一个"仙"字；平时话语不多，却每每都能点中我们的要害，恰如一只出击的猛虎。那个时候日本动画片《灌篮高手》风靡，汤导着实有点安西教练的味道。汤导因为有头痛的毛病，所以总是戴着帽子。每次把训练计划安排完之后，他就会安静地坐在一旁，似乎永远在闭目养神，真不知道鸭舌帽下面那双睿智的眼睛，是在看你呢，还是没在看你呢？

总是戴着帽子的"安西教练"永远稳如泰山，但又绝对目光如炬，洞察一切。每次我们出现了问题，汤导从不会着急，他会先叫我们自己平静一下，等情绪恢复以后再跟我们谈。他说的东西不会很直接，总是耐人寻味，会让人联想到一些更加深远的意义。有时汤导不仅让我们自己生发联想，还会主动地引导我们思考。记得第一次进行业务学习的时候，他就这样问我们："中国运动员和外国运动员有什么不同？"那时虽然天天想着战胜外国运动员为国争光，至于有什么不同还真是不曾想过。见我们说不上来，汤导便语重心长地告诉我们，中国运动员是专业运动员，外国运动员则是职业运动员，一字之差，却影响很大。我当时还不太明白，后来才知道，专业是指有某方面的特长，而职业则是指以此为生。一字之差造成的结果便是，虽然在某些项目上中国运动员整体比外国运动员水平略胜一筹，但在同等条件和环境下，外国运动员却比中国运动员自我管理和自我要求的能力更强，他们对自己普遍有一个更长远的职业规划，而不像中国运动员拼了一辈子的劲儿只吃那几年的青春饭。

很快，第二次业务学习时段又到了，汤导新的问题接踵而至：一名优秀的运动员要具备什么样的条件？你的优势是什么？弱点是什么？你看，汤导总是会向我们发出类似于"你是谁？你从哪里来？

你到哪里去？"这一类的终极拷问。其实关于这些问题并没有一定之规的标准答案，甚至可以在不同的人生阶段"常答常新"。汤导问我们也并非要从我们这里得到什么新奇的回复，他只是把这样的疑问抛给我们，让我们带着思考和使命去打球，去经历和感受自己的职业生涯。

起初，我这样的愣头青自然体会不到汤导的良苦用心，只是觉得不胜其烦，这些东西又深奥又烦琐，对于打球似乎也没有什么直接的帮助。但是慢慢地我才体会到其中的深意，说为此"受益终生"，一点也不为过。正是汤导的这些问题，让我懂得了什么叫作职业羽毛球，也意识到这条路会很艰辛很残酷，但我必须抬头挺胸地去面对，才能找到那条最适合自己的路，坚定地走下去。也是在汤导的启发之下，我才从以前的靠天分由着性子打球慢慢变得严肃对待起来。

汤导带了我将近两年的时间，这也是我个人技战术长足进步的两年。因为国家队要加强双打，汤导离开了男单组，我的主教练换成了钟波指导。可以说，在国家队的那几年，是钟导看着我一路成长的。

11
小白楼里的"游戏王"

到了国家一队,我们便是受到关注的重点队员,在管理上也更加严格。那时我们宿舍是晚上 10：15 熄灯,10：20 左右钟导会来查头房。有时钟导还会来查第二遍房,但时间不确定。每次钟导查完第一遍房,我们夜晚的快乐时光便来了。有时大家一起看看碟,饿了吃点零食,至于我的爱好嘛,大家也都知道,当然是打电脑游戏。那时我已经用比赛奖金买了一台配置特别高的电脑,专门用来玩游戏。

恰巧那时《暗黑破坏神 2》出来,我自然是杀得天昏地暗。但是按照队内惯例,晚上熄灯以后,宿舍是不允许锁门的,因为钟导还会不定时地查房,看我们是否在老老实实睡觉。因此为了防止电脑屏幕漏光,我便将在省队时学来的那一套如法炮制,用被子整个盖住电脑,人窝在被子里玩游戏。玩个十几分钟,再钻出头来透透气，接着又钻回去。此时虽然是在玩游戏，但却是心惊胆战，耳朵也支愣着听外面的动静，稍有个风吹草动，立马关机躺回床上。经过反复练习，我那一套关电脑加上床假睡觉的动作基本可以在两秒钟内完成。可道高一尺魔高一丈，没想到啊没想到，钟教练的轻功已经练到了推门走路没有一点声响的地步，也或者是我那次玩得太专注了，直到钟导掀开我的被子时，我才回头看到他，四目相对，真是无语凝噎。结果可想而知，第二天被罚跑步。再后来，我又想到了在门后挂一个小铃铛的招数……现在想起那时跟钟导斗智斗勇的事来都觉得羞愧难当。其实心里也知道钟导管得严是为了我们好，但就是按捺不住年少贪玩的心。

说起跟严格的作息制度斗争这件事，还真是有好多好玩儿的回忆。对于一般的年轻学生或上班族来讲，结束了一周的学习和工作，周末晚上出去放松一下是最平常的享受。但是放在同样年轻的我们身上，却只能在心里想想。终于，我们实在按捺不住，于是在一个周末的晚上来临时，我和林丹、陈金等人聚在一个房间密谋"出逃"。那时宿舍前后门都有保安，除非教练允许，晚上是不能出去的。除此之外，院子里还有保安巡岗，大门口还有一道岗，也就是说我们得突破这三道防线才能获得自由。最后我们商定到二楼借用女队员宿舍的窗户，跳窗出宿舍楼，然后再翻墙出院子。

商议完毕，好几个人便呼啦啦跑到二楼，找了一间合适的女队员宿舍，敲门进去，说明来由。女队员们也一个个有颗渴望自由的心，可惜没有我们男人的胆量，只好以默许我们的行径表示对作息制度的反抗。我们观察了一番形势，趁着巡逻的保安转到宿舍楼的另一半时，林丹和陈金做先锋，先跳了下去。轮到我时，忽然一道黑影划过，保安竟然从黑暗里蹿了出来，抬头刚好看见了挂在窗户上的我。我那时是要下下不去，上也上不来，还被保安拿手电筒照着，询问是谁。下去肯定死路一条，我只能赶紧招呼还在窗户里的其他人，拼了老命地把我拉回去，赶紧一溜烟跑回自己房里。惊魂甫定间，林丹还打电话来问我干吗不出来。当时我简直吓得要死，心想着万一刚才被抓个现行，估计都不是罚款或做报告的事了，说不定还会被退回省队去，还好一夜无事。

原本一群人计划出去唱歌喝酒的，结果只跑了林丹和陈金两个，他俩也只好在街上晃到天明就回来。原以为事情就这样过去了，没想到称职的保安大哥还是把事情捅到了教练那里。钟导在礼拜一集合例会时严厉质问我们："周六晚上有哪两个队员偷偷跑出去了？"林丹和陈金只好乖乖站出来，不承认也不行，院子里的监控早已拍到了他们。我还在想要不要也主动承认错误，但一听钟导说"哪两个队员"，便知自己幸运逃过了一劫。最后，林、陈二人不但被罚了款，还被罚拖了一星期球场的地。

好了，话题扯远了，说回钟导对我们的严格管理。最后，为了让我安心睡觉，钟导干脆把电脑一收了之，规定只有周六才能取走，星期天再送回去。不止对我这样，钟导的办公室里，除了我的电脑，还有别人的手机、影碟播放机等，简直像个杂货店。

如果在我的描述中，钟导被你们想象成一个严厉的"管家婆"，那可真是我的大错了。对业余生活的管理只是钟导分内的一部分工作而已。从时间上说，钟导是在国家队期间陪伴我最多的教练，他也会在我后面的文字中不断出现。于钟导而言，我大概是他最心爱的徒弟；于我而言，钟导也是为我操心最多的教练，也是我职业生涯中最要感谢的人之一。在我状态忽好忽坏的时候，很多大赛的参与机会都是钟导为我力争得来的。

2008 年北京奥运会后，夏煊泽成了男一队主教练。从一名运动员迅速转变成国家队主教练，夏导把很多先进的思想和战术带给了男单，队伍就如同注入了新鲜血液般焕发出年轻的活力。对我来说，夏导既是教练又是师兄，我们从 2000 年就在国家队相识。做队友时期，他是住在对门的邻居，我会时不时去他房间串串门取取经，他被誉为赛场上的拼命三郎，打球很拼，是我们学习的榜样。大家年龄相近，交流起来也不会有什么代沟，有很多共同话题。当教练了，他的训练方法有一部分来自他的经验，这是其他教练所不具备的，所以他带我的第一年，我就拿了四个冠军。夏煊泽因为生得一张大嘴，和他同辈的人都叫他大嘴，我们则亲切地喊他"嘴哥"。

"嘴哥"上任后，第一件事就是纠正我们对他的称呼："不能喊我嘴哥了，现在要叫我夏指导，注意，是夏导，可不是瞎导哦。"

于是，大家哈哈一笑之后，继续喊他"嘴哥"。那种亲切的氛围，至今都让人很是怀念。

关于亲爱的教练们就先写到这儿吧，让我们把思绪拉回来。正是在教练们的悉心指导下，我的进步很快，在 2001 年便在十八岁的年纪争取到了征战成年组国际比赛的机会。

媒体记录我的履历时，常常描述为"鲍春来在其所参加的第一个国际公开赛中便一鸣惊人夺得冠军"，其实，这并不十分准确。没有记错的话，当年的访欧之行是先打荷兰站，我拿了亚军，接着才是丹麦站。转战丹麦之前，队里开会讨论，当时马来西亚有几个和我们年纪相仿的队员，前几站公开赛打得不错，就放言要在丹麦问鼎冠军。根据赛程，我和林丹的半区各有一位马来西亚选手当道。我和林丹互相看了一眼，彼此心照不宣，目标很明确：决赛会师！

丹麦地处北欧，天黑得早，路上行人不多，夜晚总是很安静。那个时候出去比赛，我和林丹几乎每次都是住一个房间。每天的比赛过后，我们也都是乖乖地回到酒店，听听音乐、聊聊天。一开始我的状态并不好。四分之一决赛同香港老将林光毅对垒，当时我在落后的情况下以 5 比 3 完成逆转。这场比赛也成了重要转折，此后，我整个人彻底放开了。半决赛，轻松击败黄综翰。同时林丹也淘汰了另一位马来西亚选手，完成了我们俩此前的约定。

决赛前的那个晚上，我和林丹躺在屋里各自的床上，床头柜上摆着林丹带来的 CD 机。CD 机里缓缓播放出张学友浑厚的嗓音，我俩就一边听歌一边聊天。聊着聊着，林丹那边没了声音。我抬头看到他已经睡着了，便悄悄关了 CD 机和房间里的灯。于是，整个房间都融入了丹麦夜晚的漆黑和沉静。

第二天的决赛，我直落三局战胜林丹，夺得了职业生涯的第一个公开赛冠军。回到国内，我用奖金买下了前面提到的那台用作玩游戏的高级电脑，宿舍楼门卫转交而来的球迷来信也越来越多。用时下的话来说，我成了小白楼里的"高富帅"。

说到电子游戏，我又有些手痒了，不如就在这里回顾一下我的游戏生涯吧。让我自己来定位的话，在电子游戏方面我不敢说是骨灰级玩家，但怎么也算是资深了。从十几岁在省队时我就开始了我的游戏生涯，见证并亲历了中国电子游戏爱好者都熟悉的几个阶段：从最初的任天堂红白机、世嘉土星开始启蒙，到后来进阶到 PS、PS2；电脑游戏从进网吧玩单机到联局域网；再后来到自己有电脑，网络也从电话拨号上网到光纤宽带入户。我玩过的经典电子游戏包括《光明力量》《红色警戒》《毁灭公爵》《绝地风暴》《三角洲特种部队》《暗黑破坏神 2》《反恐精英 CS》《龙族》《奇迹》《热血江湖》《魔兽世界》《魔兽争霸 3C》《魔兽争霸 Dota》等。

好玩之心人皆有之，我在玩电子游戏方面也不是一个人在战斗，那时我的"狐朋狗友"主要有陈郁、陈金两个人。陈郁是广西人，长我三岁。搬进小白楼后，我们俩同住一屋，一住就是七年。因为臭味相投，便也一起成了打游戏的好伙伴。记得《生化危机》《古墓丽影》风靡时我俩玩得最疯狂。但是房间里只有一台电脑，不能两个人同时玩，我俩便一人看攻略指挥，路怎么走，东西怎么拿，一人上手来玩，配合默契，所向披靡。陈郁并不像我那样沉迷电子游戏，他的最大爱好其实是看书。那时我真的很难理解一个羽毛球运动员会捧着《悲惨世界》看得入迷。陈郁时常会讲出一两句富有哲理，让我叹服之余茅塞顿开的话。我想，如果陈郁不打羽毛球的话，他大概会成为一个作家。

在我遇到陈金之前，我以为玩游戏这事别人都会像我一样，一旦沉浸其中就无法自控。那时陈金也爱玩游戏，但是他对自己有要求，每次只玩一个小时。开始我还在心里嘲笑他，要是说玩一个小时就玩一个小时，那还叫电脑游戏吗？结果，陈金果然是每次一到时间就立马退出离开，眼睛都不眨一下，头也不回地就走，简直跟一个设定好了程序的机器人一样。相对于陈金，我自己更像一个真实的人，那就是一玩起来就完全控制不住。不过，我也有我摆脱游戏干扰的办法，那就是当我意识到这东西实在太耽误时间和耗费精力时，我干脆就不玩了，一刀两断，划清界限，碰也不碰。

12
汤杯丢在了我的手上

要当世界冠军，是我儿时打球以来一直的梦想。

当 2002 年汤姆斯杯落户广州时，我知道，机会来了。不止我摩拳擦掌，整支中国羽毛球队都上下一心，决心要在主场夺回丢掉了十年之久的汤杯。

中国队开赛后打得很顺利，一路过关斩将，高歌猛进。我在同丹麦队的小组赛中出场，也是轻松取胜，我的自信也一点点积累起来。虽然每天的准备会上，教练组都会帮我们分析对手，让我们做好充足的准备，但我觉得所谓国外的名将、老将，好像也不过如此，水平未见得比我高，无论遇到谁，我都能够赢。那时候，十九岁的鲍春来口气就是这么狂！

半决赛，中国队的对手是传统劲旅马来西亚。当天上午的训练结束后，我走到了总教练李永波面前，向他主动请缨。年轻，初生牛犊不怕虎，上场之后不会有太多的杂念——教练组考虑到这些优势，决定将第二单打的角色交到我的手上。

广州天河体育馆里响声震天。首场男单，夏煊泽以 3 比 1 击败黄综翰，为队伍拔得头筹。接下去第一双打的争夺中，张军 / 王伟不敌世界排名第一的陈重名 / 邹俊英。这样两轮过后，双方回到同一起跑线。

与十九岁的我隔网而立的是同样年轻的哈菲兹。一开局，我迅速进入状态，对手则失误频频。很快，我就以 7 比 1 先声夺人。第二局，哈菲兹凶猛的搏杀屡屡得手，将比分扳平。就这样你来我往，前四局战成 2 比 2 平，比赛被拖到了决胜局。

当取得 5 比 1 的领先时，我心里闪过了胜利的念头：比分与气势明显都站在了我这边，对手肯定无力回天了吧！很显然，当我想到这些的时候，说明我已经开始对比赛分心了。事实证明，我低估了哈菲兹挽回战局的决心和能力。他开始调整战术，不再像之前那样拼命地跟我抢攻，而是改用了防守反击战术。对手节奏的突然变化，使我的节奏别扭起来。表面看来，我一直占据主动积极进攻，且网前能抢到高点，后场频频起跳扣杀。实际上，能一击毙命的机会球反而明显减少了。局势的转变让我有些着急，不过我也没有太在意，毕竟比分上我还遥遥领先。

2 比 5、3 比 5……置之死地的哈菲兹越打越兴奋，时不时用一些动作来调动自己的情绪。比分被一点点地扳回。对手每拿下一个球，我的压力便随之增大。"怎么会这样？怎么会这样？"一个个问号在我的脑海中不断被放大。渐渐地，我开始有些崩溃，注意力越来越无法集中，大脑全部被一连串的疑问占据：我到底哪儿出了问题？是哈菲兹抓住了我的缺点，所以这么轻松地拿分？还是对手什么神灵附体，实力一下子强大起来？或者是我的战术出现了问题？我是应该坚持进攻，还是应该改变一下节奏？

随着心情的紧张和情绪的混乱，我的手脚开始发僵，身体已经退化到全凭本能去打球的境况。那时，我能做的仅仅是跟随着对手的节奏和调动跑来跑去，疲于奔命。这种情况下，对手的球自然越打越顺。已经对场上的局面完全失去控制，我从失神麻木变得害怕起来，心里一个我最不想听到的声音已经管不住地冒了出来"输了，输了……"，看台上的助威声几乎要掀翻体育馆的屋顶，但我已经什么都听不见了，只感觉嗡嗡一片包围着自己，甚至分不清这些呼喊是中文还是马来语。

对手连续得到 6 分，完成了大逆转。我像一条从水中被捕捞起来、干涸得要死的鱼，颓然地跪在赛场上，眼前一片漆黑。周围嘈杂依旧，我听不到教练和队友在说什么，只能隐隐约约地看到网那端疯狂的庆祝。我低着头三下两下地收拾好球包，只想赶紧逃离那个体育馆。但是没有办法，我想要退场，就必须走过球迷中间长长的过道。那一段并不太长的通道仿佛变得无比漫长。那一路，我似乎听到了各种声音，有宽慰，有鼓励，还有谩骂。我也根本来不及分辨，只是低着头急匆匆往前走。

有一张照片清晰地记录下了最后一分落地时我的表情。那种神情里流露的茫然和绝望，曾经让很多人担心这个十九岁的小伙子能否在这种重挫之下重新站起来。讽刺的是，我也似乎一下子成了悲情的化身，正像人们过去给予悲剧英雄格外的偏爱一样，因为那场比赛和那张照片，很多人记住了我。

迷迷糊糊走回了休息室，瞥见里面只有两名马来西亚队员，我下意识地转身离开。漫无目的，行尸走肉一般，我差点一头撞在新闻中心的玻璃窗上。就在这时，罗毅刚和夏煊泽忽然出现，一把将我拉回了休息室。坐在休息室里，我没有说话，只是低头看着双脚，放任没有擦干的汗水犹如泪水般顺着脸颊滴在地板上。

不知何时，汤导走了进来。他没有指责我，而是拍了拍我的肩膀，用他一如既往平和的语气说道："没事，不怪你。这是锻炼你承受力的时候，是你必须要经历的。"汤导宠辱不惊的表情让我的情绪平稳了不少。但是，输球的责任无可推卸，毕竟这一分的关键性摆在那里。当时中国队的双打实力比较弱，要想赢球就必须靠三个单打拿分，主场作战，又冲进了半决赛，谁都想着抱一抱久别12年的汤姆斯杯。既然队伍给了我这个机会，就是对我的信任，可最终的结果却是这样……我不敢再往下想。随着马来西亚队赢下第四场双打，比分定格在1比3。

输球的那天晚上，罗毅刚和张蔚两个老队员拉我到他们的房间里，陪我聊天。他们故意跟我聊一些好玩儿的事情，好让我不去想输球的事。那天晚上我把手机扔到了一边，第二天开机，发现有近30条短信等待着，基本上都是安慰我的。虽然李导和其他教练对我没有半句批评，但在我心里认定了就是因为自己的失利才导致了整个团队的失败。我感觉好像亏欠了别人东西一样，回到队里见到队友都不怎么说话，偷偷摸摸好比做贼。

很久以后有人问我，后悔当初的主动请战吗？

我想，这是运动员必须承受的压力。从进国家队那天起，我就知道这种压力的存在，只不过当时的感觉非常模糊，而从那一刻起突然清晰起来。我不但从没后悔，反而会感谢那一次比赛带给我的一切。走出失利的阴影，需要一个过程，这就是成长的阵痛。这样的阵痛每个人都会遇到，走过去，它便是人生的宝贵财富；摔倒起不了身，就永远被埋在那道坎里了。

正当我在那道坎里奋力攀爬，期待能在年底的釜山亚运会上将功补过时，却发现，那场噩梦还在延续。

备战釜山亚运会期间，为了能适应亚运会的大型比赛场馆，全队每周两次会在丰台体育馆进行适应训练。那天晚上热完身，开始队内对抗。我记不清对手是谁，但那一个日后整个改变我命运的时刻却被完整地刻在了我的记忆中——对手网前推了我一个反手后场，我把球回到网前后人也随着上网，由于我冲得太快，对手重复推了我一个正手，当时我的位置不太好，但仍然强行一个跨步去救球，动作做完以后脚没有撑住，膝盖突然发出了嘎巴一声响，我整个人倒在了地上。起初我没有太在意，站起身子，又一次嘎巴声传来，我毫无招架之力地躺倒在地，心情顿时沉了下去。"没事，没事"，我不停鼓励着自己，挣扎着慢慢站起来，走几步发现钻心地痛。而且，我的腿怎么都伸不直了。

队医罗大夫马上跑过来，帮我检查了一下说："你这个可能是绞索了，就是骨头卡在骨头缝中间了。"我一听"绞索"二字就急了，因为我进国家队之前左胳膊肘关节就曾因为绞索动过手术，当时休养了两个月才恢复，现在马上就要参加这么重大的比赛了，出了这种状况可怎么办？后来去了积水潭医院。医生也同意罗大夫的观点。医生给我进行治疗时，转着我的腿向左动动，疼得厉害；向右动，也疼得厉害。就在我疼得几乎要抗拒的时候，忽然间腿直了，也不怎么疼了。我一下兴奋起来，以为恢复正常了。可是没想到只是一瞬间的大悲大喜，只过了一会儿，膝盖再次卡住，疼得我满身是汗。最终的诊断结果是游离体绞索，不得不进行手术。

我明白，亚运会是没戏了，我只能安心地把伤养好，期待尽早痊愈。世间的很多事情便是如此，不经意间发生，寻常而普通，让你浑然不觉；但是慢慢地，时间会向你显露出它的重要意义。

最终，钟导不甘心我就这样消沉下去，还是为我争取了一个去往釜山的名额。当时的伤病已然让我难以上场，釜山的那些天里，我的工作便是在场边录像。我依旧佯装轻松地跟遇到的熟悉记者打招呼，其实心里实在难受。作为一个职业运动员却只能待在场边录像，本就是一件丢人的事。每天晚上回到宾馆写完比赛资料，那种身心俱疲的感觉比自己上场比赛还累。

那一届亚运会，中国队获得了第三名。

13
第一次世锦赛

　　手术之后，我的膝关节上多了三个窟窿。妈妈放心不下，来北京照顾我。她在宿舍附近租了一套房子，精心准备着各种我爱吃的家乡菜，并坚持亲自送到我的宿舍来。那段时间，基本每个礼拜三母亲都会来给我送一次她亲手做的饭和我爱喝的汤。每次，母亲都是守着我把汤盘喝个底朝天，才心满意足地离开。周末，我也可以回到父母身边，有他们陪着谈谈心，我的状态好了一些。

　　2002年剩下的时间里，我不断往返于北医三院和训练基地之间。大概休养三个月后，我从2003赛季复出参赛。那时候世界羽联已经将比赛改回了15分制。我的职业生涯中经历过15分、7分、21分制的频繁更换，好在我的适应能力不赖，每一次修改对我的影响并不大。

　　复出后参加的第一个重要比赛是在荷兰进行的苏迪曼杯混合团

体赛。我在半决赛登场，对手是印尼名将陶菲克。最终 1 比 2 告负的结果固然令人失望，但相比于一年前汤杯上的崩溃，我的心理状况、抗压能力已经稳定了很多。况且能够在大赛中对陶菲克这样正如日中天的对手造成威胁，教练组也肯定了我的表现。

中国队淘汰了印尼，却在决赛里 1 比 3 负于韩国，痛失苏杯五连冠。苏迪曼杯对于中国羽毛球有着特殊的意义，问鼎 1995 年第一届苏杯奖杯被视为新时期中国队复兴的起点。韩国队爆冷阻挡了中国队蝉联的脚步，但两年之后，我们在北京重新夺回了荣誉。从 2003 年到 2011 年，我一共五次入选了苏杯阵容，和队友们一起四度捧起奖杯。

苏杯过后，队伍出发前往福建晋江，为 2003 年伯明翰世界锦标赛进行封闭集训。那个时候，"非典"已经在全球肆虐，各种体育比赛因此延迟。伯明翰世锦赛自然也无法幸免，比赛被一推再推，甚至一度传出要取消的新闻。

因为"非典"，这次的晋江集训也成为我经历过的最"封闭"的一次集训。队里下了死命令，规定队员不准跨越晋江体育中心围墙半步。从宿舍走到训练馆，120 步，耗时一分钟；从训练馆走到宿舍，也是 120 步，耗时一分钟……我们每天的生活，就浓缩在这两分钟内走完的 240 步里。

因为之前的伤病修养，我练得更加谨慎，也更加刻苦，自认为效果还算不错。我时刻准备着迎接自己的第一次世锦赛，有些不安，但更多的是期待。

千呼万唤始出来，7月底，世锦赛终于在伯明翰打响。因为"非典"，中国队三个月内没有参加任何一项国际比赛，世界排名下滑得厉害。我的世界排名也一下子从前10跌到了40开外，失去了被列为种子选手的资格。

从比赛一开始，我就打得十分专注。第一轮面对一个法国选手，我在第二局打出一个15比0。按照礼仪，我应该在最后时刻让一分的，可我完全沉浸在比赛里，没有注意到比分，直到后来才想起……那位法国兄弟，实在对不住了！

杀进16强后，迎面挡住我去路的又是印尼名将陶菲克。比赛前几个月，我刚刚在苏杯上败给了他。那次战后总结我意识到，陶菲克擅长进攻，而我和他对攻，对于我来讲是不利的，我应该利用我控制范围比他大，比他年轻的优势缠住他，打多拍，跟他拼耐心，他只要一味强攻就没有效果，失误率就会增高。就这样，我带着清晰明确的战术指导和复仇的心理开始了那场比赛。

果然，陶菲克从一开始就频频试图引诱我进入中前半场的平抽快挡。我因为早有防备，对他打过来的球不会过多纠缠，而选择避其锋芒，以柔克刚，想办法把比赛扭转成我的节奏。显然，我的改变让陶菲克感到不那么适应。无奈，他只好随着我的控制跟我打多拍，这正中我的下怀——多拍和控制本就是我所擅长的，而且我又可以凭借自己的身高臂长，打出位置非常尖的点杀，这也成为我多年来和陶菲克交锋中的"必杀技"。很快，我就取得了7比0的领先优势。陶菲克久攻不下，开始乱了章法，我却依旧保持节奏，跟他耐心周旋，并伺机点杀。终于，我先以15比9拿下首局。第二局，打法上的不适应让陶菲克几乎放弃，我便一鼓作气以15比4锁定胜局。

陶菲克在赛后接受记者采访时说："在中国所有球员中，我最不想交手的就是鲍春来。"听完记者们的转述，我情不自禁地冒出一句："哈哈，终于大仇得报！"

四分之一决赛，我击败了马来西亚老将罗斯林，但在随后的半决赛上输给了师兄夏煊泽。此前，我取得了对阵夏煊泽的六连胜，但那场球，我还是输在经验不足上，一上场就逼迫的打法，使我大比分落后。我坐在看台上，目睹着夏煊泽决赛中击败黄综翰成就个人第一个世锦赛冠军，我也佩服有这样一个师兄。

我的第一次世锦赛之行算不上完美，但四强的成绩也勉强让人接受。当我以为这是一个不错的开始，并将目光投向陶菲克、盖德等外国强手的时候，却不想，自己身边最亲密的朋友忽然横亘在了我的面前，一次次挡住了我前进的脚步。先是新加坡公开赛，随后是城运会决赛以及香港公开赛，我遭遇了对阵林丹的三连败。

14
圆梦世界冠军

2004 年，奥运年。但在雅典奥运会之前，我们还有一场重要战役要打：5 月的汤姆斯杯团体赛。中国队上一次捧起汤杯尚且要追溯到 1990 年。

这一次汤杯之于我，无疑更为特殊。两年前，正是我亲手葬送了在主场捧起奖杯的大好机会。这个结，还需要自己去解开。为了备战汤杯，我练得很投入，除了白天完成教练组布置的任务，吃过晚饭后休息一会儿我便抓紧加练，整个作息安排都以保证训练为轴心。周末，当大多数人休息放松的时候，我还会约上一个队友去馆里加练。

中国队在 12 年里与这座代表着世界羽坛男子团体最高荣誉的奖杯无缘，最重要的原因是整支队伍有着"长短脚"的缺点，被对手们研究得格外透彻。任何一个国家都清楚，中国羽毛球男队，单打够强，双打却是短板。所以，双打不足虑，单打比赛中便带着那种不死不休的架势，上来就是硬拼。只要单打丢掉一分，中国队的汤杯之路就岌岌可危了。而过去的两年间，我们的双打有了长足的进步，蔡赟／傅海峰，桑洋／郑波等好手相继出现。这不但补上了男双的短板，也减轻了男单的负担，使男单能更放开手脚去拼，为我们男子团体队夺得冠军增加了砝码。

尽管如此，中国队并非夺冠的最大热门。此前，印度尼西亚队已经连续蝉联五届汤姆斯杯，而且此次比赛地点就在印尼首都雅加达，拥有陶菲克、索尼等顶尖高手的东道主早早放话要在自家门口实现汤杯的"六连冠"。雅加达的塞纳扬体育馆，在很多人眼里被视为羽毛球运动的"麦加"。这里曾见证过世界羽坛无数经典的诞生，仅仅汤姆斯杯就有八次在这里举办，尤伯杯也是五度光临。也许热带国家的人民和拉丁民族一样，狂放甚至不羁，在塞纳扬体育馆进行的羽毛球比赛，球迷的狂热绝不亚于世界上任何一个著名主场。尽管羽毛球的影响力不如足球，但也不妨碍来到这座体育馆的人很自然地把它和加泰罗尼亚的诺坎普、墨西哥的阿兹台克联系起来。

之前我打过几次印尼公开赛，对于赛场的氛围已经有所体验。在比赛中，我甚至听不到自己说话的声音，更别说教练在冲我喊什么了。耳边充斥的只有球迷为主队加油时声嘶力竭的呼喊以及拉拉棒的敲打声。在这样的环境下，无论谁都很难做到心无杂念地专注比赛。从出发去印尼之前，到每天赛前的准备会，大家考虑得最多的就是主场因素可能给我们带来的干扰。然而我们也并非无备而来。汤仙虎教练本人即是印尼华侨,他在来中国队执教之前曾在印尼队当过多年教练,自然深谙对付印尼队之道。于是在汤导的指挥下,我们进行了好长一段时间的"噪声训练",即每次训练和对打时,场边都会有大功率音响放着巨大的噪声,以模仿雅加达球馆球迷的呼声干扰,磨炼我们的神经和意志。

无巧不成书,我们果然跟印尼队分在了一个小组,同组的还有美国队。首场比赛,我们以5比0轻松战胜美国。接着,中国、印尼之战如约而至。

那届比赛,我的角色仍然是队伍的第二单打。到我出场时,林丹和蔡赟/傅海峰已经为队伍取得了2比0的领先。与我隔网而立的是印尼的"全民偶像"——我的老对手陶菲克。陶菲克最善打主场,曾四夺印尼公开赛冠军。我在塞纳扬与他叫板,受到的待遇可想而知。羽毛球运动传统的积淀已经让东道主球迷们形成了一整套加油体系,每当我出球时,全场近9000人就会整齐地发出"呜"的声音,而当陶菲克进攻时则是喊"呀"。这"呜"与"呀"的交替中传递出的热浪,再叠加以5月雅加达35摄氏度左右的高温,几近让人窒息。

幸好我们已经经受了汤导的"噪声训练",再加上那时年轻的我还是个"人来疯",那全场的"呜呀"之声反而激起了我的斗志。队伍在比分上领先,而且我在打法上本来就不怵陶菲克,最终,我以 15 比 13 和 15 比 6 连下两城，为中国队拿下锁定胜局的一分。最后，中国队以 5 比 0 干脆利落地赢下了这一场外界所认为的"提前进行的决赛"，同时也终结了中国队十年来团体赛不胜印尼的记录。能够在印尼主场完胜东道主，全队士气大振。淘汰赛阶段，我们又先后击败日本和韩国，跨入决赛的门槛。

与我们争夺冠军的是丹麦队，这也是两队第一次在汤杯决赛中会师。许是我们之前连赢两次印尼队，让印尼的球迷太窝火，决赛时全场的印尼球迷便一直给丹麦队加油，他们把复仇的希望寄托在了丹麦人身上。然而，我们身后也坐着一群特殊的加油者：头一天刚刚捧起尤伯杯的全体女队队员自发来到现场为我们加油。在这样群情激奋的热闹氛围中，比赛开始了。第一单林丹先拔头筹，赢下了"丹麦神童"皮特·盖德，印象中那也是林丹第一次在赢球后脱衣庆祝。接着男双蔡赟／傅海峰不敌帕斯克／拉斯姆森，总比分回到 1 比 1 平。

轮到我出场了。

似乎一切都跟 2002 年那么相似：又是第三场，又打到了决胜局……历史似乎正在重演。如果说有所不同的话，只是对手换成了乔纳森，并且我的开局打得一塌糊涂。乔纳森的战术意图很明确，在他的连续抽压和进攻下我只有招架之力，打得越来越保守。

中场休息时间，我坐在地板上，努力让自己平静下来，但是我心里真的很难平静。两年前广州一战之后，那种悔恨和痛苦一直激励着我。现在又到了这种情况下，难道还要重蹈上一次的覆辙吗？不能！我的使命就是保驾护航，在这整场比赛的十字路口，我不能有半点差错。我内心翻腾着，很多人都走过来说了很多话，但我耳朵里根本就听不清楚他们在说什么，只是依稀弄明白了李导的意图。他让我不要在平抽上纠缠过多，有机会就要下手。五分钟的休息很短，我握紧球拍，再次登上了赛场。5比10落后，我被推到了悬崖边缘。

那一天的情形如果是发生在两年前，我想我一定早已崩溃了。但是两年来我就是在等待这一刻，这一刻终于来了，我怎么可能再次退缩？我捋了捋球上的羽毛，深吸一口气，心里只有一个声音在呼唤着，必须赢，没有退路，我必须赢！这样的体验，在我以前的比赛中从来没有出现过。我已经不在乎身外的整个世界，只跟随着内心的呼唤前行。

最初的几个球，不管机会如何，我都不顾一切地抢攻，虽有些牵强，但我必须得这样做，因为我需要一次反击来扭转此前保守的状态，同时提速也能够给对手制造压力。这样的改变一步步奏效，分数也开始往上走，我的自信心越来越充足，越打越主动。连续得到8分，我以13比10反超。

14比12，赛点在我手里。我发了一个小球，乔纳森推回一个正手，我果断突击直线，被勉强挡到中路，说时迟那时快，我一个跨步上网放了一个小球，做了一个假动作，他受骗往后撤了一步，当看清球路再全力往前跨时，还是没有接住来球。

"赢了，我赢了！"我顺势倒在地上，右手握紧拳头，怒吼了一声。这种感觉真是太棒了，"原来我也可以有这样的表现！这就是我想要的！"背后的所有人都在一刹那激动起来，队友、教练、领导纷纷站起来击掌相庆。起身时，我竟有点虚脱的感觉，头有些晕。为了刚刚结束的这场球，我已用尽了所有的气力。

"我们的男双应该没问题了吧？"在热身区，队医一边帮我做放松整理一边对我说。我笑了一下，没有回答，一旁的教练也是"置若罔闻"。几米远处，担任第三单打的夏煊泽则在专心做着热身活动。没有说话不代表没有态度，大家都是心照不宣而已，形势对我们很有利。果然，桑洋／郑波不负众望，击败埃里克森／伦加德，中国队以3比1取胜。

当桑洋／郑波拿下最后一分时，我依旧在做治疗，听到这个消息赶紧起身，奔向场地。看到已经有很多队员冲了上去，我大喊着："喂，喂，等我一下啊！这么激动人心的时刻别少了我！"阔别12年的汤姆斯杯终于回到中国队的怀抱，就连看台上的女团队员也都流下了激动的泪水。

后来我们又连续三次捧起汤姆斯杯，却都没有那一次让人难忘和激动。

这是我的第一个世界冠军，儿时的梦想终于实现。平时总是在电视里看冠军选手升国旗，今天国旗终于为我而升起，感觉真的不一样，好像胜利被升华了，幸福而又神圣。

混合采访区的气氛非常轻松，赢了球，大家可以交流一些感受和球场之外的话题了。我们谈笑风生，有人回顾道："你在最后几分有一个球胜了之后，眼神都变了！为什么？"

"是吗？我有吗？可惜当时没有镜子啊……"我开玩笑似的调侃回答。后来，林丹也跟我说："你那个时候在场上，那种眼神充满了杀气。这是以前我们在一起这么久，我都没见到过的。"

为此我后来特意找来那个片段，看完之后竟然有被自己吓到的感觉，但是当时我却是浑然不觉。但这种感觉也只有在那种状态下才会出现，这是一种可遇不可求的状态，对我来说，几乎是一生一次的眼神。再想重现，自己都不知道能不能。大概正是这种前所未有的心态和杀气，才成就了我职业生涯中最为经典和重要的一场比赛。

随着砰的一声香槟酒的木塞弹开，庆祝活动开始。庆祝是在驻地进行的，庆祝方式对于中国羽毛球队而言也是前无古人，那就是，开杯倒酒！把汤姆斯杯的盖子打开的时候，里面全是灰。稍作洗刷，我们把香槟倒在了杯里，一人喝了一口。口感有点怪，我想，大概这就是十四年的尘埃和等待融合的味道，为了今日这一口香槟酒，我们忍受了煎熬，但最终走向了成功。

晚上回到房间，躺在床上，闭上眼睛，回想起比赛的过程，我竟然有些后怕。今日一战，不仅仅关系到整个团队的输赢，还有自己心中刻骨铭心的痛，两年前的一幕一幕在我脑海里像放电影一样闪过。我暗自庆幸，终于闯过了这一关。有时候，造化就是如此弄人。你的生命里仿佛出现一个又一个的轮回。你过去失去的，会有机会让你得到；你过去错过的，会有机会让你弥补。我现在可以说，我丢掉的，两年之后我亲手拿回来了。感谢命运对我的成全。

这场球赛也告诉我：在觉得必定能赢的情况下有可能会输，而形势危急的时候也有可能获得最终胜利。世事本难料，唯一要坚持的就是自己的信念，一个小小的改变很可能会起到关键性的作用。方法就放在那里，就看你是不是有这个决心和勇气去用它，而这种决心和勇气来自现实的逼迫，更来自对胜利的渴望。

夺得2004年汤姆斯杯之后，整个中国男队的心态上了一个台阶。对我的人生来说，这也是一个全新的起点。之后，我还入选了2006年、2008年和2010年的汤杯阵容，没有再输过一场球。

虽然我在团队赛上发挥稳定，但是个人赛中却不时出现高低起伏。两下相较，以至于常有这样的声音发出：鲍春来如果打得狠一点，有团体比赛时候的那股劲头，一定能多拿几个单打冠军。我开始意识到自己面临着新的问题。

Chapter 3

在比赛中思索人生和成长

我为自己树立了无数假想敌，我想到了所有最坏的结果。突然有一天晚上，被塞得满满的脑袋忽然清醒了，我如醍醐灌顶般想通了一个道理：对啊，我现在都已经坏成这样了，还怕个什么劲呢？我还能坏到哪儿去呢？

15

失意雅典奥运会

当我瘫倒在塞纳扬体育馆地板上忘情庆祝之时，雅典已经距离自己越来越近了。

那场比赛之后面对媒体采访时，李导称这场比赛对我是一次巨大的考验，同时说了一句意味深长的话："雅典奥运人选要兼顾2008。"其实，当时关于雅典奥运会的队内竞争激烈异常，林丹凭借近两年在国际公开赛的优异表现已经基本锁定了一个席位，另外两人则在我、陈宏和夏煊泽三人之中产生。最终，师兄夏煊泽落榜。名单一经对外公布，各种质疑和非议的声音就纷至沓来。毕竟夏煊泽刚刚在去年拿到了职业生涯的第一个世锦赛桂冠，拥有绝对实力出征雅典。但是我跟陈宏实力也不差。没办法，总得有一人扮演那个留下的角色。

雅典奥运会前的封闭集训选在了湖南益阳。训练场地是一个比赛馆，队伍则住在紧挨着球馆的一家酒店里。餐厅设在三楼，为了避免同普通客人接触，酒店特意在一个走道上开辟了一个自助餐区域。我和林丹又住在同一个房间。作为队伍中年青一代的代表，能够参加奥运会，本身就是不小的成功，两个人的心气都特别高，暗中达成了一种默契：一起努力，在雅典好好表现回报教练组的信任。

或许是因为在汤杯打了那场漂亮的翻身仗，教练们对我抱着很大的期望。两个月的封闭集训里，钟波指导对我的要求特别高。记得有一个晚上的训练科目完成并不太好，钟导毫不留情地狠狠训斥起来，我心里委屈极了，还差点哭出来：我已经很刻苦了，为什么还要批评我？后来，钟导又找我谈心，我们就把这点小别扭说开了，他告诉我让我这样的年轻选手去参加奥运，当时外界比较质疑，他的压力也很大，我也理解了钟导恨铁不成钢的心情。自此，我也不断自我加压，训练一天比一天抓得紧。那时场馆的一角放着一张乒乓球桌，偶尔训练完后为了调节情绪，我们三两个队友会切磋上几局。快要出征时，林丹的脚忽然起了泡，非常严重，导致他一个礼拜缺席训练，而我基本是保质保量地完成了集训计划。

集训结束，我们准备返回北京与代表团会师后一起出发。离开益阳那天，益阳当地体育局和市民一起组成了腰鼓队，在马路两边夹道欢送。鼓乐震天，又是祝词又是慰问，竟让我生出了"壮士一去不复返"的悲壮来。

当飞机在雅典机场缓缓降落时，我的心情没有任何征兆地紧张起来。迈出机舱，地中海温暖湿润的空气黏滞沉重，让我有些透不过气来。这就是传说中的奥运会，这是我第一次代表中国置身于这么大型的综合性运动会，这也代表着一个羽毛球运动员所能企及的最高荣誉……一个个想法从四面八方聚拢过来。

胡思乱想中，我的脑袋一片混沌，就这样跟随大部队一起住进了奥运村。或许是因为时差，也或许是因为水土，总之那次从到达雅典的那一刻起，我浑身就说不出的不得劲儿，魂不守舍地度过了赛前几天的适应性训练。那时候我仍旧跟林丹住同一间房。按照赛程，林丹比我先出战。我想，这样最好，林丹赢下第一轮，我的心里总会好受一些的。然而没想到的是，作为头号种子的林丹却在第一轮就惨遭淘汰，这个结果让当时在场边的我一下子傻掉了。那天晚上回到房间，林丹一个人蒙着被子痛哭，我看着他因哭泣而抽动的身体，想过去安慰却又不知道该说点什么。我只好一个人走出房间，给林丹留出空间，让他发泄平复一下也好。我站在楼下仰望希腊的星空，星空美丽而平静，我的心里却开始打鼓。

第二天正赛开始，我第一轮的对手是来自日本的佐藤翔治。按原本的技战术水平来看，我绝对高出对手许多，按说可以轻松取胜。但当踏上赛场的那一刻我才明白奥运会之所以是奥运会的特殊所在，在这个四年一次的赛场上，再怎么名不见经传的选手似乎都在拼了命地厮杀，感觉每一击都用尽全力。所以当时佐藤翔治给我的感觉就是"简直打疯了"，给我来了一个措手不及。还好我及时调整状态，最后成功取胜，但赢得并不轻松。而晋级的结果并没有让我紧绷的神经松弛下来，随着比赛的深入，我反倒是越来越紧张了。

八强争夺战，我和韩国选手朴泰相隔网而立。朴泰相属于拼命三郎式的选手，逆境中有一股韧劲儿，而且大我两岁，从比赛经验来说占我上风。虽然之前交手中我赢过他，但是每次都很难打，所以我丝毫不敢掉以轻心。果然，开场后朴泰相就士气十足，每打一个球都要大喊一声。看着对手在网的那一端又吼又叫，我却怎么也放不开，声音犹如卡壳在喉咙里一样，叫喊不出来。在如此高强度的压力和紧张气氛中，我开始暴露出年轻队员的劣势。我们的羽毛球队承担着夺取奥运金牌的任务，论压力本来就比其他国家队员更大。如果不能很好地处理这种压力，很可能就会出问题。比赛中，我完全发挥失常，频频失误，不是下网，就是出界。对手却越打越神勇，好几个原本可以我得分的球都被他不可思议地救起来。情绪一旦失控，气势就没了，打法也乱了，我发现自己根本找不到拿分的有效手段，最终以 0 比 2 败下阵来。

第二天男单四分之一决赛，我依旧出现在了体育馆里，任务变成了在看台上用摄像机拍摄陈宏和孙升模的现场比赛。被相熟的记者发现了，我咧开嘴角弧度，开玩笑道："我是来当情报员的。"自然而然，他们询问起我的心情，而我则继续报之以微笑，"没关系，调整一下就好了。"但事实是"怎么可能没关系"。踌躇满志而来却早早地铩羽而归，且是输给了自己曾经的手下败将，水平完全没有发挥出来。相对于林丹的第一轮出局，我的境况似乎好些，但也好不到哪儿去。我和林丹都觉得没脸见人，吃饭走路都故意绕着别人。在雅典剩下的没有比赛可打的日子里，我总想着给自己寻点事做，不敢让自己闲下来，因为一闲下来就会去想比赛，一想比赛就感觉到难受。

奥运会结束后，我没有做太多的调整，而是自我惩罚似的立即投入德国以及丹麦的两次公开赛的备战中去了，接着又是中国公开赛。我想在比赛中，一点一点找回自己的状态和自信。

关于雅典奥运会，还有一件事不得不提。在我备战奥运会期间，外公被查出患了前列腺癌。但父亲为了不影响我训练比赛，给全家下了封口令："无论家里发生任何事情，都不要告诉春来，以免他思想压力更大。"后来听母亲说，外公病危时很想看一眼他最疼爱的外孙子，不断念着我的名字，而我当时正在参加一项比赛，全家人一边挥泪如雨，一边硬是撑着没有告诉我任何消息。直到2005年我的状态逐步好转时，父母才把外公已去世的消息告诉我。

听到外公早已不在人世的消息的那一刻，我的脑子就像一个仓库瞬间被清空了，呆呆愣愣的。我脱口而出地开始埋怨父母，可又立马觉得后悔。外公也是他们最亲的人啊，他们不告诉我还不是为了我好！也是从那一次起，我开始意识到，对家人好是一件需要立即去做、无法等待的事。之前我一直觉得，我只要把球打好，给自己争气，为家人争光，就是最大的孝道，却忽略了对他们最简单的陪伴。子欲养而亲不待，等我再想去弥补的时候，时间却已经不再留下这样的机会了，这是多少块金牌、多少个冠军都换不回来的。

也就是从那时候开始，我告诉自己一定要抽出时间多陪陪家人，多和他们聊聊天。虽然在比赛和家庭之间没法做到两全其美，但至少我要尽力而为，不要留下什么遗憾。我再回湖南见到奶奶时，我都想跟她多亲近。但是，我也能明显地感觉出奶奶在一天天地老去。因为我长年在外，能够见到奶奶的时候并不多，所以每一次见她都明显觉得她又比上一次老了许多。每次跟奶奶见面无非也就是那些寒暄的话语，没有什么太多的话题。更多的时候，我只是搬个马扎陪奶奶在院子里墙根下坐着，偶尔她会转头看着我莫名地笑笑，我也笑笑，什么都不说。

16
对抗那个神奇的魔咒

2005 年，本该是我雅典奥运会后重新找回自己的一年，但是命运却又跟我开了另一个玩笑，让我陷入了一个奇怪的魔咒，无法自拔。

那一年，我先后杀进了中国大师赛、香港公开赛、国际羽联大奖赛和第十届全运会的决赛，却每一次都站在了亚军的领奖台上。自 2001 年收获丹麦站金牌以来，我便一直与个人单打冠军无缘。那些年，媒体赐我一个响亮的称号：千年老二。

其实那几年，我在国际赛场上很少输球，因为一方面国外的选手跟我对抗少，对我的技术特点不够了解，另一方面我也一直都把目光盯紧着那些国外的强手，天天寻思着怎么能打赢这个，怎么能战胜那个。上了场，他们往往会被我打个措手不及。李永波教练面对记者采访的时候，曾经这么介绍过我："鲍春来是中国羽毛球的功臣。如果你们关注羽毛球比赛的话，看一下国际比赛的分区，鲍春来所在的区，碰到的都是国际上的硬手、好手。这要靠鲍春来提前把他们啃下来，他替我们拿下了不少的硬点子。"但比赛中和队友狭路相逢时，我的表现往往糟糕。归结缘由，并不是我疏忽大意了，而是大家彼此之间太了解对方的技术特点，有针对性地对我展开战术，加上我个性中柔弱的部分决定了我没办法把朋友当成真正的对手去拼死搏杀，所以不管从战术上，还是情绪上都很别扭。也正是在这几年里，曾经"成全"我拿到第一个成年赛桂冠的林丹，摇身一变，成了我的"林丹劫"。几年间，不算国内比赛，仅仅在国际赛场上，我有七次走到了最后，却离冠军一步之遥，只能收获一块银牌。七次决赛，有直接输给林丹的挫败，也有输给其他对手的失利，但总结起来其实就一句话，即便是输给了别人，阻挡我走到最后的，还是林丹。

现在想起来，大概 2005 年的十运会可以算作我跟林丹较量的一个分水岭。那一年，十运会的主办城市是南京，羽毛球的比赛则设在了距离南京不远的昆山。我是代表湖南队出战，林丹代表解放军队。

十运会前两个月，我们从国家队回到各自的省队训练。对于各地方队来说，四年一次的全国运动会算是国内最大的比赛盛事，其重视程度相当于每个国家备战同样四年一届的奥运会。而且那一年湖南队在男子单打项目上正青黄不接，最后决定只派我一人参加男单的比赛，所以我是担负了整个湖南男单的全部希望。

那一次，为了储备体能，我经常练到几乎全身抽筋，肌肉僵硬。当然，支撑我每天拼命地练习的动力并非来自领导和教练的督促，而是自己心里的信念。十运会之前，我已经连续几次在决赛中败给林丹，我开始意识到了这是一个问题，便铆足劲儿想在这一次的比赛中挽回一些尊严。

然而那次比赛的分区对战形势对我很不利，几个国家队的高手都挡在了我的面前。第二场我遭遇国家队室友陈郁，结果在大比分落后的情况下艰难取胜。接着半决赛又打国家队老大哥陈宏，同样的开局大比分落后，我还是拼了下来。就这样，我一路艰难但也有惊无险地杀入决赛，站在网那端的人正是林丹。

第一局我还跟林丹纠缠了一段时间，比分咬得很紧，交替上升。在林丹 12 比 10 领先时，我一个奋力的杀了他一个对角，我本以为靠这个球可以再追回一分，但没想到却被林丹一个招牌式的鱼跃救球打回，我有些慌乱，回球质量不高，却刚好给了他一个从地上爬起后杀球的机会，我勉强救回，林丹再杀，我却只能眼看着球重重地砸在地上，林丹再得一分，握拳大喊。林丹的鱼跃救球和两次连杀也为他赢得了满堂彩，我还没有起身站稳，就听到全场欢声雷动。林丹当时是代表八一队，记得当时有很多官兵来到现场给他加油。他们几乎把昆山的体育场变成了林丹的主场。那个球也成了整场比赛的转折点，林丹接连得两分，以 15 比 10 拿下第一局。

　　我跟林丹的第二局比赛几乎可以算作我整个职业生涯的巨大挫折，关于那一局比赛的比分和好多细节已经被我选择性忘记，我也不想再去查证。我只记得从一开始的大比分落后直到最后以悬殊比分告负，我被林丹打得溃不成军。就在林丹为夺冠庆祝时，我却不争气地哭了。我假装用毛巾捂着脸擦汗，不过谁又知道那流了满脸的其实都是泪。我心里懊悔沮丧至极，没想到一场决赛能打成那样。本不应该是那样的比分，我也本不该是那样的表现。但是事实摆在那里，我在林丹面前又一次输了。

　　自此一役，我战胜林丹的信心折损大半。他就像一座大山，而且随着时间推移，这座山越来越高，越来越沉，压得人根本喘不过气来。这种情况下，我便产生一种错觉：我和林丹的差距，真的越来越大了，我完全不是林丹的对手。越去想，越去揣摩，越会犹豫：是不是我和他已经不在一个档次了？技术水平都不如他了？自信没有了，再在赛场相遇的时候，人就变得更加紧张。越想赢他证明自己，就越放不开手脚。有时候比赛结束回放当场录像，自己看着都纳闷，怎么这么多球处理得这么差劲？这完全不是我平时的水平啊！跟别人比赛很少发生的失误，怎么就这么频繁地发生了？

　　自然而然，能赢下林丹，成了我最大的目标，这个目标甚至超越了比赛本身。那段时期，我一度都在这样想：赢了林丹，我的目的就达到了，哪怕得不到冠军，也值了！在我看来，赢林丹一次，比拿十个冠军都重要。

重压下这种任性的心态，让我吃了大亏。2004 年的日本公开赛半决赛，我以 2 比 0 战胜了林丹，终偿所愿。当时内心的兴奋真是无法用言语表达。结果第二天的决赛，我输给了印尼的苏加诺。

苏加诺是印尼的一位老将，比赛经验很丰富，技术水平也不差。不过按照正常的发挥，我是绝对能够拿下他的。决赛之所以输给他，还是因为林丹。我一下子翻过了眼前的这座山，觉得视野一下开阔了。我已经攻克了自己最大的对手，前面一片坦途，谁还能够阻挡我？

插一句题外话。印象中，人们总觉得中国羽毛球队、乒乓球队在国际赛场上占据着绝对优势，其实这是一个误区。实事求是地说，不管哪个比赛项目，中国的领先都是在心理层面上居多，技术层面的差距没有想象的那么大。但凡能在国际赛场上亮相的，实力都不弱。狮子搏兔，犹出全力，何况对手不是兔子那样的孱弱。所以闪念间的松懈，都很可能输掉一场比赛。

丢掉这个冠军，我没有太伤心，还沉浸在赢了林丹的幸福感中。而到后来，这种情况又反复地出现了好几次。

我也开始反思，是不是自己做错了。原本都可以拿到手的冠军和金牌，为什么就这么白白地丢了？我慢慢地意识到，自己之前的心态的确是失衡了。只把目光锁定在林丹一个人的身上，是我给自己的一个误区。这个误区走不出去，以后遇到林丹，我肯定也会因为压力太大，发挥不出自己正常的水平来。而且，就算赢了林丹，再遇到别人，也会为我战胜别人制造人为的障碍。

2005年12月，丹麦羽毛球精英赛男子单打决赛，我以13比15和5比15输给了东道主名将盖德。父亲以玩笑的口吻发来了一条短信："恭喜你再次当老二。"我驱动手指按下按钮："看来我就是当老二的命了。"

17
直面心结，与自己和解

　　现在，我可以随意地跟人调侃我是"千年老二""无冕之王"，但是那时身处旋涡中心，我却几乎是在痛苦和煎熬中度过一天又一天，连做梦都想摘掉这顶晦气的帽子。到 2006 年年初，我总结过去我夺冠的比赛，忽然意识到一个问题，那就是过去几乎我喊出来一定要夺冠的比赛几乎都拿下了，也就是说我不把自己内心求胜的欲望喊出来，我是不会做到的。于是，那一年的新年，我在宿舍门口贴下一副不算对联的对联：不拿第二，只拿第一。

　　许是喊出来的欲望发生了作用，2006 年，我终于在韩国公开赛结束了冠军荒。这也是我 2001 年以来拿到的第一个六星级赛事的单打冠军。比赛结束后，我和女单冠军卢兰，以及女双冠军杨维、张洁雯一起请所有教练队友吃了顿饭。其实那次韩国的比赛我发挥得一般，能够拿到冠军最主要的是凭借冷静的心态，在顺或不顺的时候都给自己留些空间、时间去判断和思考。四年零十个月的"千年老二"给予我的成长和收获，可能比拿到几个冠军一点也不少。

时间来到了 2006 年上半年，我们卫冕了汤杯。接下去的重心便集中到 9 月在西班牙首都马德里举行的世界锦标赛。

世锦赛前的封闭集训选在了福建晋江。一个多月的集训，我练得十分刻苦。其他队友都在放松、聊天时，我还会一个人在各种器械上苦练力量。除了身体的准备外，我自己还专门找了一些心理辅助方面的书来看。就这样，身心的训练每天按照计划有条不紊地进行，备战总体上还算顺利。

来到马德里之后，我跟林丹照旧分在不同半区，但是我很快发现我的那条线很不好打。第一场就碰上印尼名将索尼，接着八进四遭遇"大马一哥"李宗伟，半决赛再战韩国头号选手李炫一，可以说场场都是硬仗。然而那一届世锦赛我的比赛状态确实很好，竟然一场一场地把那些难啃的骨头都拼了下来。有一个小细节我记得很清楚。我在心理辅助的书上看到，把激励自己的话语或者提醒自己需要注意的问题写在手上，随时查看，是加强对自己心理暗示的一个好方法。于是每一场比赛赛前我都会如此照做。但是每次到了场上却又因为太投入比赛而忘掉了手上的标记，根本就没看。我想，尽管比赛时我从没看过手上的"小抄"，但是心理暗示的作用应该还是起到了，因为都赢球了嘛！

最后决赛，我对林丹。

　　那届比赛中国队每人都备了红色和绿色两套队服，之前的所有比赛都是工作人员给我安排穿哪套我就穿哪套。但是决赛当天上午工作人员递给我绿色队服时，我却起了犹豫。我想了一下，主动提出想要穿红色那套。我想，红色代表红火，应该更能助我。然而让我没想到的却是，这把我自己选择的红火却狠狠地灼伤了我。

　　赛前热身时，我跟林丹只相隔几米，但是谁也没有讲话。我想我们各自心里都清楚这场比赛对自己的重要性。两年前一起捧起汤姆斯杯，让我们俩同时成了团体比赛的世界冠军，但都没有在世锦赛上有过登顶的经历。换句话说，谁赢下眼前的这场比赛，谁就是真正意义上的个人世界冠军。而且林丹在上一届世锦赛中抱憾输给陶菲克，屈居亚军，他心里也憋了一股劲。

　　全场比赛的细节仿佛被锤子牢牢地固定在记忆壁上。因为决赛变成了中国德比，李永波教练也难得清闲地去了电视台的直播间做起了解说嘉宾。我跟林丹身边也没有其他教练的指导，比赛完全靠我们自己的发挥。刚刚站上场地，我感觉到自己连日来轻松的心态还在延续。放手开打，我在控制球上的优势展现得淋漓尽致，尤其体现在防守上，林丹多次有威胁的杀球都被我巧妙化解。林丹有些着急，我也不敢掉以轻心，耐心寻找着博杀的机会。最终，我以21比18先赢一局。一边再战，比赛进行得十分胶着，一直纠结到16平后，我却连续出现几个失误，林丹21比17扳平比分。

　　比赛到了第三局，我明显感觉体力有些跟不上了，林丹却越战越勇，一路打到对我 9 比 3 领先。我开始着急，几乎被林丹控制了节奏。打到 8 比 15 落后时，我的心里有点慌乱了，我强迫自己集中精力，打出几个好球，也追回几分，但无奈由于之前比分落后太多，最终我还是以 12 比 21 输掉了比赛。

输掉那场比赛，我记得当时我还挥拍跟球迷示意，表现得一副很大度的样子，但是现在想起来却还是很心痛。当我重新梳理职业生涯轨迹的时候，才意识到那一场比赛成了一个拐点。如果说我之前还对自己"千年老二"的称号不满，对林丹还在努力试图寻求办法战胜的话，那场比赛之后，我几乎像被一记命运的重拳击倒在地，差点没有力气爬起。

十几年职业生涯中，我一共参加了六届世锦赛，最好成绩便是这一次马德里的亚军。那是我距离单项世界冠军最近的一次，也是输得最痛的一次。

2004 年汤姆斯杯

2004 年汤姆斯杯
林丹、钟波教练、陈郁、我、李永波总教练、陈宏、李志峰教练、夏煊泽

李宗伟和我

🖋 2005 年在美国好莱坞

2005 年大师赛比赛中

🏸 2005 年全国羽毛球锦标赛，我、龚伟杰、朱琳、陈莉、李昱、陈郁

🏸 2005 年苏迪曼杯夺冠后，夏煊泽、林丹、我、陈宏

🏸 2006 年韩国羽毛球公开赛夺冠后，我和李志峰教练

🏸 2005 年苏迪曼杯世界羽毛球混合团体锦标赛

🏸 2005 年苏杯、汤杯、尤杯"三杯"庆功宴

2006 年汤姆斯杯成员

加油
2006 年中国公开赛

2006 年汤姆斯杯，我和陈金

人生不止一种选择

多哈亚运会上，蔡振华和我

从左到右：林丹、李志峰、陈金、我、陈郁

2006 年在多哈亚运会担任旗手

人 生 不 止 一 种 选 择

🏸 2007 年在苏格兰，参加苏迪曼杯

🏸 2007 年在法国，我和钟导（钟波）

🏸 2007 年在瑞士参加羽毛球公开赛，我、陈郁、陈金

我和林丹、孙升模

2009 年参加德国羽毛球公开赛

人 生 不 止 一 种 选 择

🏸 2006 年日本汤姆斯杯冠军

🏸 2008 年印尼汤姆斯杯冠军

🏸 2010 年汤姆斯杯冠军成员

我和李导（李永波）

我和陶菲克

我和盖德

Mo 姐和我

2009 年军训

北影学习期间拍摄话剧《过年》

我和话剧《冬之旅》主演蓝天野老师

我和刘晓庆、马心怡（外甥女）

我和赖声川导演

18
激动人心的多哈之夜

在世界地图上，"多哈"只不过是一个逗点，人们需要聚焦视线才能注意到；但在我的职业生涯里，这个名字却犹如纪念碑般熠熠生辉。

2006年12月，第15届亚运会即将在卡塔尔多哈举行。中国代表团出征多哈前，羽毛球队特意就卡塔尔的礼仪给大家上了一次课。"在多哈见面，我们得这么打招呼。"行一个阿拉伯式的礼，成了那段时间里彼此间问候的流行方式。

多哈是一座海滨城市，地处沙漠，却富饶美丽，现代化的程度令人震撼。住进运动员村之后，照惯例，吃饭、训练、休息，三点一线的生活开始了。中国运动员参加大型国际运动会，并非像大家想象的那样，四处游玩观光。哪怕比赛地有著名的景点，哪怕亚运村距离景点咫尺之间，对运动员来说，在比赛期间都有着"不可逾越”的距离。

还是老实地待在村里"苦中作乐"吧。亚运村很有意思，里面住着来自亚洲各国的选手，各色人种、各种样貌。不同的国家会安排住在指定的区域，如果不小心忘记自己住在哪儿了，没关系，可以通过国旗来区分。一栋宿舍楼飘着很多国家的国旗，大大小小、五颜六色，这是亚运村里特有的风景。亚运村里，衣食住行都很方便，还设有洗衣房、娱乐区域等，十分人性化。每一个运动员都有一个瓶子模样的卡，只要在贩卖机上刷卡，就可以拿到免费的饮料。

外国运动员都很热情，去训练、用餐、洗衣服、搭车的路上，时不时有人和我们打招呼，操着各国口音的"Hi, China""Hello"，还有人会秀一下自己蹩脚的中文"嗨！你好，中国"……不论哪种语言，一定都附赠一张大大的笑脸。我们既觉得好笑又很亲切，用简单的单词或动作回应他们。语言不通不重要，一个微笑就足够了。中国运动员整体还是比较含蓄，一般都是扮演着"被打招呼"的那一个。总之，亚运村就像是个微缩版的亚洲大家庭，在亚运村内行走，耳边听到不同的语言，看到各国的朋友，有种"亚洲民族风情一日游"的既视感。

可惜，我们没有太多的时间去体验感受这些。虽然教练允许我们适当放松，可以抽出半天到一天的时间在亚运村里四处走一走，可每个人的心里都明白，激烈的比赛和角逐即将开始，压力就摆在那里。因此住进亚运村，刚收拾妥当行李，我们就马不停蹄地投入到训练中去了。

每一届的亚运会开赛前，开幕式上中国代表团旗手的人选都是不会缺席的新闻点。但是那一年，国家体育总局却迟迟没有对外公布旗手人选，并且对前来询问的媒体开玩笑似的卖起了关子"请你们好好猜猜吧"。外界纷纷猜测，最终得出的人选不是风头正劲的姚明，便是人气最高的易建联。谁都不会猜到这天上掉下来的馅饼，竟然会砸到我身上。

那天我训练完刚回到房间，领队走了进来，"小鲍，你准备下啊，这次开幕式你要当中国代表团的旗手。"

"啊？你说什么？"我有点搞不明白领队在说什么。

领队以为我在装聋，提高了音量，还一字一顿地说："我说，你，准备一下，开幕式，你要当旗手。这回听见了？"

"啊？真的吗？"这回我听是听见了，却不敢相信自己的耳朵。

"是的，你就好好准备吧，到时候得精神点啊。"领队撂下话就走出了门外，留下久久回不过神儿来的我。

过了一会儿我才意识到，不对啊！这可是大事啊！这百年难遇的事情竟然会降临在我身上，我开始兴奋了。所有赛前的紧张即刻烟消云散，满脑子都是"旗手要举着旗走路，我得走一下"。然后就对着镜子比画，"嗯，这个样子应该可以吧。"那天接下来的时间，我几乎都是在镜子前度过的。看着自己的形象在镜子里移来移去，真有点搔首弄姿的味道，哈哈。

其实当旗手这件事，往小了看是对我个人的眷顾，往大了看则是整个羽毛球队的荣耀。它说明"羽毛球"这个项目，经过这么多代运动员的努力，终于在国际上打出了名气，在国内也得到了认可。这样一个小球项目能逐渐接近足、篮、排三大球的影响力，突破了旗手一定是大球项目运动员来当这块坚冰，是多少人想都不敢想的。那一刻，我的心里着实为自己是一名羽毛球运动员而骄傲和自豪。

最初的兴奋感过去，我开始慢慢体会到其中的压力。旗手，代表的是中国代表团的形象，不能出一点纰漏，不然可就在全亚洲人面前贻笑大方了。我明白旗手绝不是举着旗帜走在队伍的最前面那么简单，于是去问领队："这旗手该怎么当啊？"领队也说不清楚，让我自己回去想想，还建议我看看以前运动会的录像。接下来的两天，我要做旗手的消息不胫而走，我一下子成了中国代表团里的红人。经常会有人跑来问我，是不是有这回事。出于保密的需要，我嘴上不说，但是脸上却总憋不住地笑。那几个晚上，一躺下床，我屁股下面就像安了弹簧一样，一会儿，噌就坐起来了，在房间里走来走去，把室友都晃悠烦了。我忽然发现，走了二十多年路的我竟然不知道该怎么走路了。做梦我都在想，到时候到底该先迈哪只脚呢？

我想到给家里打个电话，让他们知道这个消息，让他们也能感受到我激动的心情。我拨通了家里的电话，是爸爸接的。我故作平静，没提做旗手的事，先按照惯例聊了聊这边的情况和比赛准备。但是因为我很少在比赛中给家里打电话，所以电话一接通爸爸就意识到了气氛的异样。

爸爸问："你打这电话，是不是最近有什么新的情况？"

我试探着说："你不知道吗？"

电话那头的爸爸有些迷惑，"我怎么会知道，不会是违反纪律了吧？"

我憋不住了，"怎么会！这次亚运会我是旗手。"

我爸显得很平静，"是吗，那你要好好把旗手做好。"

我有些着急了，"你们、你们不高兴吗？"

爸爸依旧一副云淡风轻的语调，"高兴啊，当然高兴了，我现在就告诉你妈。"

接着，爸爸继续说了一些我应该好好去做，在比赛的时候别受干扰，发挥出自己最好的水平，取得好成绩之类的话。平时妈妈跟我讲这些话的时候，他总是嫌妈妈啰唆，现在轮到他自己跟我絮叨了，我知道这是我当旗手这件事让他开心了。父母那个时代的人大都比较内敛，集体荣誉感很强，他们觉得自己儿子成为旗手是莫大的荣耀，是全家的光荣。

后来听妈妈说，亚运会开幕那天，爸爸通知了我家所有的亲戚、朋友看开幕式。我听说这件事之后满头黑线，"没这个必要吧？"妈妈略带调侃地回答："那当然要了，我儿子这么优秀。"我顿时无语……闻风而动的当地记者赶到家中采访，一辈子低调的父母竟然同意了采访的要求——这件事真的是太让他们激动了。

开幕式那一晚的一幕幕，历历还在眼前。当天下午训练结束之后，我回房间换上了代表团的服装，就匆匆忙忙赶去班车集合点。虽然经历过雅典奥运会这样的综合性大赛，但是参加开幕式还是头一遭。以往的运动会开闭幕式都与羽毛球队无关，因为我们比赛日程很早，为了不影响休息只能待在驻地，所以我们的开幕式都是坐在电视机前完成的。

大巴一辆接着一辆往村外挪动，人员太过庞大，亚运村塞车了。最后实在等得太久，我就在车上昏昏睡着了。隐隐约约过了两个小时，大巴终于驶进了庞大且空旷的体育馆群。我透过车窗往外看，崭新的路面、漂亮的路灯、现代化的场馆设施，配着漫天的晚霞，突然感觉好像在梦里。

我们在体育场门口下了车，等待入场。门口聚集了各个国家的运动员，中国代表团依然保持着惯有的特色——人多势众。没多久，一位官员走过来，要我去旗手集合的地方报到。我一路小跑过去，各个国家的旗手也都陆续到达。怨我孤陋寡闻，那些旗手我基本都没见过，只有泰国运动员很面熟。他是一位羽毛球男双的运动员，体格健壮，身形硕大。他看到我时有些诧异，然后冲我微笑了一下，我也有些尴尬地回以一个微笑。不一会儿官员开始讲话，我听不大懂，猜想大概是介绍旗手的职责和要注意的一些事项。接着工作人员把国旗交给了我们。拿着五星红旗，我回到了自己代表团的队伍。

那天的时间仿佛凝滞一般，一秒一秒、慢慢地推进。没关系，我是旗手，不能着急，我得稳住……我一边做着深呼吸一边在心里默默为自己打气。在等待的时间里，旗手还得额外"加班"，我就像一道风景，频频被闪光灯照亮。国旗其实挺重的，悬空拿着不一会儿就会很累。幸好大会特制了一个可以挂在肩上起稳定作用的托儿，省了不少力。

终于，各国代表团开始陆续进场了。当时过道非常昏暗，我想，明星出场应该就是这样子吧？先把主角藏好，等内场的气氛到达顶点的时候，突然出现在所有人的视野里，然后引发下一波高潮。

门被缓缓地打开，广播里响起了声音。"China"的喊声传来，我们该出场了！看台上闪光灯此起彼伏地闪烁着，一刻都没有停过，像天上的星星和成群的萤火虫。这种场面我从没见过，实在让人惊叹！我想，那大概就是我职业生涯中最闪耀的一刻。在闪光灯的闪烁中，我迈开步子走进场内。走着走着，我竟然又有些紧张了，不过还好，我要做的事情只是举着国旗一直往前走。忽然，我听到身后有人在跟我说话，原来是一位体育局局长提醒我，别走太快了，后面队伍跟不上了。我才反应过来，自己步子迈得有些大了，应该稳一稳，保持住一个合理的距离。我赶紧放慢了脚步，让整个代表团能够保持好节奏。

　　我身后的中国代表团成员一片祥和喜乐，好多人都拿着小红旗朝观众招手，有的还在四处拍照，我也没让手中的国旗闲着，我不停地舞动着它，五星红旗在多哈的夜空下格外鲜艳。我不再紧张，变得兴奋异常，尽情享受着那绝无仅有的人生经历。在我的领路下，代表团绕场一周，来到中央的大平台上。这时，志愿者跑来指导我把国旗插到指定的位置。我举起国旗最后又挥舞致意了一下，随着我的挥舞，观众席上再次响起一阵欢呼。

　　多哈之夜，是我运动生涯里最独特的一次经历。那一夜的种种细节，如今想起来依旧内心里泛着甜蜜。每次羽毛球带给我的幸运，都会反过来让我对羽毛球增加一分热爱。当所有一切的一切，朋友、荣誉、快乐、悲伤，都是因为某种东西带来给你的时候，你会发现，它在你的生命中变得越来越重要。重要到你根本无法再去忽视，你所能做的，就是全身心地投入进去，热爱它。

　　美好总是短暂的，多哈战役一触即发。履行完了旗手的使命，我开始立即转换了状态，在体能、基础训练上都做了加强，作息规律也做了相应调整，应该说是达到了比赛的最佳状态。

　　整个团体赛，我发挥得都不错，如打了鸡血一般，越打越神勇。中国队一路走到了决赛，对手是韩国。林丹遭遇李炫一爆冷，蔡赟/傅海峰和陈金拿到两分，谢中博/郭振东输给了李在珍/黄智万，前四盘双方平分秋色。于是，担任第三单打的我获得了出场机会。

对手是孙升模，雅典奥运会男单亚军，可我一点也不畏惧。通过前几轮的比赛，我已经进入状态，气势正盛，当时我就是没理由地觉得我一定能赢他。果然，那场决赛，我基本上打疯了，干脆利落地连下两城。甚至在比赛中我还有余力去注意孙升模的表现——那种不甘心又实在无奈的表情。我看到他一直在摇头，基本上丢一分，就会轻轻地摇摇头。其实打到这个份上，虽然他不能弃权退赛，可是在内心里已经放弃了。因为我的最后胜利，十六年之后，中国男子羽毛球队重登亚洲巅峰。

可能是团体赛太过兴奋，状态出得太早，到了单项赛，我不自觉地有些松懈。在四分之一决赛中，我再逢老冤家陶菲克。原本我是不惧他的，但是因为那届比赛中我正在尝试改变打法，所以那一场对战陶菲克我打得很犹豫，也很别扭。最后，陶菲克直落两局胜了我，我懊恼悔恨，却也无济于事。许是赢下了我这个令他忌惮的对手信心大增，陶菲克接着在决赛中战胜了林丹，夺取了男单的桂冠。

从多哈回国后，我发现自己的关注度陡然间暴增，媒体采访邀约不断，粉丝来信应接不暇，博客里似乎一夜之间也有了无数的留言和评论。好像一下子，那些以前从不关心羽毛球的人也都知道了"鲍春来"这个名字。接着，我就被湖南电视台邀请去参加了《越策越开心》节目的录制，那是我和电视节目的首次触电。《体坛周报》

还专门用一个版面发表了一篇文章叫作"旗手在，阵地在"，以我为切入点，赞扬了整个羽毛球队在亚运会上的优异表现。文中提出了一个说法，称我是中国体育历史上第一个体育明星。在多哈亚运会之后，我连续登上了四个时尚杂志的封面。还在那一年的劳伦斯奖评选中跟刘翔、姚明一起，当选了最佳人气奖的前三名。

　　我想，大概是因为我的外在条件和刚好幸运地当了一回万众瞩目的旗手，我才额外获得了这些跟"明星"沾边的机会。但归根结底，这一切还是羽毛球赐予我的，我真正纯粹的身份也还是一名羽毛球运动员。我也很清醒地明白，这耀眼的光环外衣其实都是附着在"我必须得把球打好"这一简单的事实之上，它们看似亮丽光鲜，却也娇气脆弱。哪天我训练跟不上，比赛出不来，恐怕它们就会一瞬间掉落了。对我来说，这些是荣誉，也是压力。我时刻告诫自己，去盛开这些好看的花儿的同时，千万不能忘记自己的根在哪里。

19
本命年收获不一样的人生体验

2007 年，丁亥年，传说中六十年一遇的金猪年，也是我的本命年。

那一年，我二十四岁。

那一年的冬训，队伍第一次来到珠海。当其他队员都在抱怨酒店里不能上网，吃住环境没法跟晋江相比时，我却无比享受这次切断与喧嚣世界联系的安静的集训。每逢周末，我会到电影院看看大片，回来写写东西，吃过晚饭吹着湿润的小风在街上走走，或者偶尔在房间里跟队友们杀两局《街头霸王》，对我而言，这简直是堪称美妙的假期。

一直以来我的话都不多。一群朋友聚在一起天南海北地胡侃时，我往往都是那个站在旁边微笑倾听的人。相比喧嚣热闹，我有时更喜欢一个人独处，更喜欢静静地用文字记录下自己的喜怒哀乐。

"每天起床，拉开窗帘，都能看到阳光，心情说不上来地舒畅。

要是能在这样的环境下一直生活下去，估计状态会好很多吧。"在珠海某个阳光明媚的早上，我把新年愿望写在了博客上。在心里，我也给本命年的自己定下了两个目标——多多地打进决赛赚积分，拿到最少一项超级赛冠军。

冬训结束回到北京，临近年关，出于备战奥运会的缘故，国家队没有放假。2月17日，大年三十，刚好赶上我的二十四岁本命年生日。那一天，我叫上了几个刚从湖南来到北京的小队员一起吃年夜饭，算是大家一起过年，也顺便给我过生日。他们在北京人生地不熟，如果我不叫上他们，那年的除夕他们真不知道该怎么过了。我在北京人不生地熟，可如果没有他们的陪伴，我也不知道本命年的生日该怎么过了。

那晚，我们照例放了鞭炮。新年钟声敲响时，我在心里祈求新的一年能顺顺利利。第二天大年初一，和很多北京市民一样，我去了雍和宫。但香客排起的长队从胡同就开始了，排了两小时才终于到了大街上，又过了一个小时才来到大门口。等了半天，真的是半天，这才顺利地求得平安。

我将从雍和宫求来的幸运红绳戴在了左手腕上。马来西亚超级赛是全年的第一项比赛，也是第一站超级赛。我憋着一股劲儿，一定要夺冠。一开始还挺顺利，但是决赛惜败给丹麦名将盖德。我本以为可以给2007年开一个好头，可是终没能如愿，这让我感到遗憾。

到了背靠背打韩国站时，我的膝盖又不灵了，只能草草地退赛。

回到北京，因为比赛周期比较紧，没有充足的时间训练力量，结果在全英赛打得很不理想。比赛的时候我每每想发力，但脚却无法加速，腿也不听使唤，移动起来实在吃力，每次都是眼睁睁看着球到了我完全可以接到的位置，但心有余而力不足，唯有望球兴叹，悔恨懊恼。

在这样的境况下，当队伍4月中旬奔赴晋江备战苏迪曼杯赛的时候，我则一个人孤零零地留在了北京空荡荡的训练馆里。队友在不停地训练调整，我在不停地检查治疗。等我到晋江和大部队会合已经是半个月之后的事情了。但伤病并没有因为我急于投入备战而同情我，整个晋江集训两个月，我就练了15天。看着队友在场上完成一个又一个动作，我却只能在场边抱着膝盖暗自神伤。没有训练就没有比赛，训练对于我们来说太宝贵了。我一想到自己已经落下这么多，就急得吃不下饭也睡不好觉，恨不得赶紧换掉这不争气的膝盖。

集训期间，我打了新加坡和印尼两站超级赛，表现平平。苏杯之前，我找到钟波教练，说："印尼回来，我的膝和脚都还不行，痛得厉害，苏杯可能打不了了。"我觉得这个时候就要实事求是，是怎样就是怎样，我已经没有信心，也没有必要咬牙硬撑了。万一撑到最后到了比赛时掉链子，反而会影响整个队伍的成绩。那时候，我已经意识到关于自身的某些东西必须做出改变，这么下去肯定不行，至于变什么，怎么变却还没有一个清晰的概念。

丝丝不断却又无法连缀成篇的概念尚在混沌中，状态也持续低迷。世锦赛止步半决赛，菲律宾、中国澳门、日本，三战比赛都是前两轮输球，而且都输给了不是顶尖高手的对手，这让我恼火到极点。尤其是日本超级赛，2006年我第一轮输给了陶菲克，心想2007年再坏也不至于第一轮就输吧，结果我还是输给了波萨纳。我不知道自己到底怎么了。

回北京后，心情特别差，我整个人都是蔫儿的，什么也不愿意说，什么也不愿意做。所有人都能看出我的沮丧，过来安慰我。但我是一个很少跟人讲心事的人，所有的事情我都宁愿自己憋在心里。虽然憋得很难受，但我知道这种时候没人帮得了我，就算教练告诉我该如何，真正要做的还是自己。

那时候，爸妈为了照顾我的生活已经从湖南老家搬到了北京。有些事情想来总是令人苦笑。爸妈就是为了分担我的忧愁才专门来到我身边的，而等我真的有了忧愁反而不愿回家面对他们。这也算是儿女跟父母之间永恒的互爱方式吧：快乐可以分享，痛苦还是自己来扛。那段时间我就故意躲着不愿回家，父母越见不着我，越是心绪不宁，他们不断地给我打电话，发短信。为了安抚他们的心情，我只好调整好心情回家。儿子的真正快乐和强颜欢笑其实父母都是心知肚明，但是从小他们就知道我是爱往心里憋事的人，便不再多问，只是更加用心地做一桌好饭，让我至少可以吃得舒坦一点。饭桌上，我不想让他们胡乱担心，便三言两语透露了训练比赛不如意的事情，不过也没有说太多。爸妈安慰我，我又继续假装轻松地安慰他们："没事，积分不够有什么啊，后面的比赛还多呢。"其实，我心里一点底都没有。说完这些话我都不敢看他们的眼睛，便只顾埋头吃饭。

那时候，训练的间隙我经常自己坐在球场的角落愣神儿。回到房间，连最爱的电脑游戏也不想打了，就倚在床头看着天花板，脑袋里各种想法乱窜，东想西想的，想得我脑袋都快炸了。总结起来两个字：害怕。如果下一场比赛我又是第一轮输了怎么办？如果我2008年8月不能参加北京奥运会怎么办？我为自己树立了无数假想敌，我想到了所有最坏的结果。突然有一天晚上，被塞得满满的脑袋忽然清醒了，我如醍醐灌顶般想通了一个道理：对啊，我现在都已经坏成这样了，还怕个什么劲呢？我还能坏到哪儿去呢？

坏无可坏，穷则思变。已经没有退路的我开始硬着头皮做出改变，从精神状态，到技战术打法，这次不是之前说的试试看，而是必须执行。我要求自己从第一轮开始就积极兴奋起来，要在场上喊出气势来，多攻对手，坚持自己的打法和信念，绝对不可动摇。对，我必须这么做，越是不敢想的越要想，越是以前不敢去面对的越要去面对。我已经身临绝境，没什么可怕了。人生已经触底，我期待着那一次可以反弹。

早在汤仙虎教练还执教男单的时候，他曾建议我可以打打拳，大声喊着"嘿哈嘿哈"，既练胆气，又能练出拳刹那的爆发力。之前我一直答应着却都没有练，那段时间突然想到了这件事，心想，要不改变就先从这里开始吧。于是我就在宿舍附近的天桥上、训练馆门口，甚至公开赛的场地上，摆开架势，嘴里念念有词，手上虎虎生风……这样的怪异举动引起围观是肯定的，这时候，我刚好去练习如何不在意别人的眼光。打拳的训练前后大概坚持了一个月，我开始觉得渐渐甩掉了身上的泥淖，整个人也神清气爽起来。

训练慢慢步入正轨，"好运北京"的比赛首当其冲。我要求自己就把"好运北京"当作真正的北京奥运会来打。决赛中，虽然还是输给了林丹，但是我觉得自己发挥得很好，敢打敢拼，我体会到了和以往任何比赛都不一样的感觉。在丹麦，我打得很有耐心，罗纳德、陶菲克、陈金、李宗伟，我一场场拿下，好不容易熬到了决赛，我觉得这是个绝佳的机会。可惜，开局完全不在预料之中，一下子落后林丹太多，最后还是继续身陷"林丹劫"的魔咒。我心里特别不服，心想，法国再来。

终于，在法国公开赛的半决赛，我跟林丹再次碰头。我们的比分交替上升，一直缠斗到决胜局。我不停地告诉自己要顶住，一个球都不能松懈，全力地拼一下，再拼一下，结果就真的赢了。只可惜决赛却运气不佳，败给了李宗伟。三站比赛三个亚军，"千年老二"的议论再一次此起彼伏。不过，这一次我淡定了许多。我的心里响着一个念头：等着吧，广州见。

中国超级赛是2007年的最后一项重要赛事。刚到广州，拿到秩序册的我就傻眼了。一看统计，从 2004 年到 2006 年，我连续三年都是亚军，简直佩服我自己。再往后翻，看到第一轮打陶菲克，我开始有些兴奋起来。结果他没来，让我落得有点失望。我直接进入第二轮，随后的比赛也都顺风顺水。半决赛击退韩国选手朴成焕后，我和李宗伟会师决赛。

决赛前一晚，我强迫自己早睡。因为多次的事实证明，我只要决赛前按捺不住自己的兴奋，第二天准跑不了地拿第二。那天我就不管不顾，踏踏实实地睡了一大觉，一直到第二天中午 11 点才起床。我一睁开眼，阳光正好照在我的脸上，明晃晃中觉得整个人一身轻松，我觉得今天八成有戏了。

男单决赛是第三场，之前一场女单决赛谢杏芳输给了马来西亚的黄妙珠。我突然有点打团体赛的感觉，心想，怎么能让马来西亚队都拿冠军呢？男单这一分我绝对不能丢。于是开场我就拼得很凶，从第一分开始不停地叫喊着，给自己鼓劲。本来赛前预计怎么也得打满三局，结果李宗伟被我打得很被动，两局就败下阵来。赢球之后，我顺手把拍子一扔，就像我 2000 年在这里拿到世青赛冠军一样，疯狂地庆祝。后来才听说这是中国超级赛最后一年在广州举办。由我来做一个完美的收尾，这算是命运的安排吗？

赛后，很多记者都问我怎么一下子改变了这么多。我说，让谁处在我现在的境地估计都得改变。我只是实在不知道该怎么办了，不如就不去管，任性地去打。我以前打不赢李宗伟都是输在速度，但是那一次我的状态很好，速度足以跟他对抗。速度的短板没有了，我的技术优势也就出来了。而且那次比赛的整个过程我都感觉很是轻松，我想那"嘿哈嘿哈"的打拳练习不但增长了我的胆气和爆发力，还唤回了我的精气神儿。

夺冠的那个晚上我太开心了，本来想请大家一起吃饭的，结果人都没有凑齐，只能留到北京再聚了。

广州比赛完结，整个 2007 年也就算结束了。二十四岁的本命年过得实在有些坎坷曲折，不过还好收尾没有那么难堪。那一年没有收获多少成绩，却收获了跟以往每一年都不一样的人生阅历，不可谓意义不重大。从年初我对自己说要试着改变，到年中的伤病困扰不断，再到年底我总算打破魔咒夺冠，虽然中间经历很多跌宕起伏，但我庆幸自己走了过来。这一年带给我更多逆境中的自信和坚持。站在 2007 年的尾巴上，我挥手告别多舛的本命年，满心期待地遥望款步走来的 2008 年。

20

北京，北京

　　翻开 2008 年的日历，中国体育人乃至全中国的主题词似乎只有一个：北京奥运会。

　　为了备战北京奥运会，我的生活也在发生着变化。鉴于我在过去一年不尽如人意的表现，3 月，湖南体育局为我找来了曾经为女单名将张宁治伤的曹大夫为我做膝伤和脚伤的伤痛治疗，希望我能在最快的时间内恢复身体状态。同时，他们还花重金专门为我聘请了心理治疗团队，为我做心理建设。我正迫切需要专人来拯救我身体的伤痛，所以积极配合曹大夫的检查和治疗。至于心理团队，我当时内心的态度只有两个字：呵呵。一来我不觉得自己当时存在着什么样的心理问题，二来觉得让几个完全不懂羽毛球的人来指导我的心理，觉得他们简直就是外行。但那会儿压力又确实很大，反正聊胜于无，我还是抱着试试看的想法接受了。所以从 3 月开始的那段时间里，我白天积极完成训练和治伤，晚上便消极地去应付我的心理治疗。

在夏天到来之前，羽毛球队首先要征战汤尤杯。还是在印尼雅加达，我们连续第三次捧起了汤姆斯杯，女子则完成了尤伯杯的六连冠。这是我个人的第四届汤杯，五场比赛都是作为第二单打出场，全部以 2 比 0 获胜，没有丢掉一局比赛。值得一提的是，有一场我打出了 28 比 26 的个人历史最高比分。尽管我当时没有感觉，但事后总结起来，能够以那么高的比分取胜，有一部分原因是几个月的心理治疗已初见成效。

就在印尼比赛期间，国内发生了举世震惊的汶川大地震。第一眼看到网络上那些触目惊心的新闻图片时，我整个人一下子就呆住了。当时，我心里有一个强烈的信念滋生，除了捐款之外，我还能为在地震中受到伤害和苦苦挣扎的人们做些什么呢？是不是能够通过自己的努力，让他们得到实际的帮助？最终，我选择了在博客上发文，呼吁更多人为汶川的灾民们做一点切实的事情。从雅加达回到北京，我和总教练李永波、林丹、谢杏芳四人一道捐出了刚刚获得的奖金，算是为抗震救灾尽一份微薄之力。

奥运会倒计时 100 天，一样的是一周六天的训练，不一样的是教练、队员们对待训练的态度。不太敏感的人也能够轻松发现，一种比以往任何时候都严肃凝重的气氛笼罩着整个中国羽毛球队，所有人无一例外地都带着万分的专注进行训练。训练中，一向好脾气的我有时也会出现急躁情绪。我似乎从来没有像那次那样全身心地扑在训练上。身体的疲劳会照常出现，但我感觉内心有一种近乎神奇的巨大力量。其实对于自己在奥运会上会有怎样的表现我并没有想太多，但有一点，北京奥运会是我的最大理想，从备战到参赛，我不能给自己留一点遗憾。

训练之外，我和所有的队友一样，认真听取营养师和康复专家的课程，不再需要教练督促，自觉地接受营养配餐，保持日常生活的规律。

那段时间里，张绍臣教练的一次举动让我切实感受到了来自关心我的人的莫大支持。那次张教练为了看我训练专程从湖南赶到北京。按照规定，国家队队员和教练训练时是不允许地方教练参与甚至观看的。大概是张教练动用了一点私人关系并再三保证绝不影响训练才得以进入我们的训练馆内，为了不声张，他就躲在阁楼的角落里偷偷观察，以一个旁观者的身份记录下我在训练中的问题所在。等我训练完了，张教练又偷偷跑到我的宿舍跟我交流。张教练对我的偷偷观察和秘密交流持续了一个多月，他看到我状态确实不错才放心地离开。对于那件事情，我感触最深的是张教练姿态的变化。我当时实在难以想象在省队时高高在上的他竟然可以为了我自甘卑微地缩进国家队训练馆的角落里。现在我能想通了，这便是师徒之间的爱使然。有了这份关心和爱，我便有了更多底气，同时也觉得肩上的担子重了许多。

就这样，倒计时从 100 天、50 天到 30 天，处在那种状态下，人甚至能够感受到时间一点一点走近的脚步声。

但所有的这一切努力、幻想和期盼却都在 8 月 14 日那一天戛然而止。输给李炫一的那一刻，我真的是"呆若木鸡"。辛苦了四年，一千四百多天，就这么结束了；四年里，为了能够在家门口打好奥运会，膝伤都没有好好地进行系统的治疗，一直在坚持打比赛、抢积分，可所有的付出就像是被一阵突然冒出来的洪水统统卷走，片甲不留……我颓然地坐在地上，任凭不争气的眼泪流下来。

现在想来，这一次的失败似乎并不是完全没有先兆。14 日的早上，北京前一天还不错的天气突然间变得阴雨蒙蒙。也许这对于普通人来说不算什么，但阴雨引发的风湿却让我的腿从起床开始便隐隐作痛。我本想忍忍就会过去，但谁知痛感逐渐加剧。我拿出该吃的消炎药，却陷入了犹豫。以往训练风湿病犯时，我都会坚持到晚上才会服药，因为那药会导致严重的头晕副作用，这样我睡一觉第二天也就好了。可是这一次晚上就要比赛，我自然没法等到睡前再去吃药。我咬了咬牙，把药吞了。果然，午饭后我开始感到头晕目眩，便赶紧上床倒头睡去。下午醒来时，风湿的疼痛大有好转，头却还是晕晕的。

出发时间已到，没有更多时间恢复，我在钟导的陪伴下登上了运动员大巴。奥运村地处北京西北角，而羽毛球比赛场馆所在的北京工业大学在北京东南方，单程的时间就需要 40 分钟。那时雨已经停了，天却还在阴着。我透过车窗看着路上车水马龙，路边行人匆匆，忽然觉得这个自己生活了八年的城市变得那么陌生。我摸着自己的膝盖，心中暗自祈祷：拜托，拜托，一定要撑过今晚再发作！走进体育馆，球迷们已经把看台变成一片沸腾的海洋，红 T 恤、五星红旗交相辉映，巨大的呐喊声仿佛要将整个屋顶掀开。主场气势非凡，我却感到莫名的紧张。我抓紧收拾着衣服装备，努力让自己什么都不去想，但是耳边还是嗡嗡有声，甚至有一阵晕眩。上场之前，钟导没有跟我沟通太多。一般在大赛之前，教练也不希望太影响队员的思路和情绪，这是惯例。

　　首局比赛，我一直被李炫一压制，一度以 7 比 15 大比分落后。在我努力将比分追到 14 比 15 时，主裁的一次判罚引来双方的争议。李炫一认为我出现连击持球，而李导（李永波）则向裁判长申诉"新规则中已没有这项判罚"。最终，裁判长宣布此球双方均不得分。此后，我逐步找到了感觉，以 19 比 16 反超。关键时刻，李炫一却丝毫没有手软，越拼越狠，不断地连续进攻，速度很快，而且他正拍细腻的勾对角技术常常出乎我的意料。争夺进入白热化阶段，双方战至 21 平。最后，还是我没有咬住，连续的两次失误送出第一局。

　　第二局一开始的状况犹如首局的翻版，我上来就以大比分落后。但这一次，对手牢牢控制住了场上的节奏，以 21 比 11 锁定胜局。

　　大概几个月以后，我才回过劲儿来理性地分析这一场失败的比赛。其实从实力上来说，我并不比李炫一逊色，甚至还有那么一点优势。经过奥运会前的封闭集训，我的身体状态也达到了一个顶点。然而比赛的结果，恰恰说明了什么叫作"物极必反"。集训期间，我在体能、力量都有所加强的基础上，针对自己以前比赛暴露出的问题以及主要对手的风格和技战术较大地调整了自己的打法，融入了更多的主动突击和进攻。这原本是一件好事，最后却偏偏影响到了我的发挥。因为我太想拿下比赛，太想把改变的东西在比赛当中表现出来，这就导致了一个局面的产生：那个球按照过去的技术特点，处理起来很轻松，可是按照我改变球风球路的办法去打，做起来却比较勉强。结果就是很多个不舒服、勉强的球堆积在了一起，最后小失误就变成了大错误，原先不应该丢失的分数被我白白地拱手相让。再加上家门口主场作战，压力之大也许影响到了我临场策略的选择。不过就算失利的原因想得再明白，我都在以后的好几年里对那一晚的比赛无法释怀。

记不起来是怎么走下赛场，回到更衣室的。印象中经过混合区通道时，数不清的记者潮水一般扑过来，而我就像是被潮水深深地没过了头顶，没有知觉、没有意识。李导他们走到了前面应付媒体，我独自一人坐在休息室里。没有脱鞋，没有换下已经湿透的球衣，没有要队医放松按摩，我抬着头，一动不动地盯着天花板……

"我还好，我尽力了，就是不知如何面对关心我的人们。"走出北京工业大学体育馆，我机械般地回复朋友们的安慰短信。刚刚比赛时似乎又下过一场阵雨，回奥运村的大巴上空调马力很足，在仲夏的夜里我竟然感觉到冷。车外灯火通明，北京依旧沉浸在奥运会的洗礼之中，然而，属于我的奥运会已经结束了。

三十三岁的张宁咬紧牙关，在女单决赛中异常艰难地以 2 比 1 击败如日中天的谢杏芳，硬生生夺走了那枚意义非凡的奥运金牌。我给张宁发去了祝贺短信。8 月 17 日，那天晚上是奥运会羽毛球比赛的收官之战。我在场边见证了林丹的加冕，也目送师弟陈金登上季军领奖台，全场观众起立欢呼，我也被簇拥着加入了中国羽毛球队最后的狂欢。然而没有人知道，那时的我在大笑，却并不快乐。

当所有人都在庆祝中国羽毛球队取得历史性突破时，我却一个人躲进洗手间哭了。我的眼泪里有难过，有懊悔，更多的则是不甘心。

剧终，人散，大幕落下。那晚的庆祝之后已是深夜，我第一次走出奥运村，跟 Mo 姐约在了附近的一家餐厅吃消夜。

跟 Mo 姐的相识大概是在 2003 年，那时她的身份还是我们羽毛球队的英语老师。后来到 2005 年后，我开始接触一些商业或者综艺的活动，我不能因为这些事情从训练和比赛中分心，便需要一个人来帮我打理，而此时 Mo 姐刚好转行开了经纪公司，便做起了我的经纪人。Mo 姐是东北人，为人豪爽大气，做事雷厉风行。几年的相处下来，她虽名义上是我的经纪人，但实际上我们如同亲姐弟一般，好多心里的事情我没法去跟父母或者朋友讲，但在 Mo 姐面前却不用伪装。然而那晚在餐厅，我们却基本都没有说话，只是默默地吃饭，呆坐到餐厅打烊。从餐厅出来，坐到 Mo 姐车上，我一下子就憋不住了，把心里的懊悔和自责全都跟 Mo 姐倾倒出来。Mo 姐静静听着我说，看着我哭，随手放了一张 CD 到录音机里，选中了一首歌单曲循环。我清楚地记得，那首歌叫《年轻的战场》。Mo 姐安慰了我许多，同时也是在那晚的长谈中，我知道了 Mo 姐以及其他关心我的人的奥运是怎么度过的。

其实在奥运会开幕之前，Mo 姐曾经找我商量，问可不可以比赛期间不住奥运村而是继续留在天坛公寓。Mo 姐的顾虑是有原因的。因为如果住进奥运村，第一，没有太适合的训练场地；第二，每天都会受到身边其他选手或成功或失败的情绪影响；第三，也是最重要的，如果住进奥运村，我的心理治疗团队和其他陪练人员是没法跟进去的，我自然也就不能及时获得他们的帮助。那一次，林丹和张宁便都是选择了在比赛期间留在天坛公寓。不知算不算巧合，也正是他们俩后来分别夺取了男女单打的冠军。我犯了倔劲，非要住进奥运村里去。是我对 Mo 姐和心理治疗团队不信任？是对自己不受他人情绪影响的定力过分自信？还是太想证明只靠自己也能行？记不清当时是为何，总之我是放弃了来自外界的帮助，一意孤行地住进奥运村，几乎切断了跟 Mo 姐和心理治疗团队的联系。

Mo 姐告诉我，她每天都在奥运村外焦急等待我的消息，哪怕关于我的一点风吹草动都会让她心急如焚。特别是在 14 日跟李炫一对战当天的中午，Mo 姐接到了一个在奥运村餐厅工作的朋友电话，

"Mo 姐，我今儿在餐厅碰到小鲍了，看着他脸色好像有点不对劲儿。"就这短短的几句话让 Mo 姐一直担惊受怕到晚上。因为 Mo 姐太清楚朋友所说的"脸色有点不对劲儿"是指什么了：在跟 Mo 姐相熟的几年里，每次阴天下雨她脑海中冒出的第一个念头都是"小鲍的风湿会不会又犯了"。但是即便知道了我的情况不好，即便知道如果有人在我身边照顾开导会让我更好一些，Mo 姐也只能干着急。再后来，我曾真诚地反思过那一次的选择。我不敢说如果我能留在天坛公寓就一定会取得更好的成绩，但是我拒绝了所有人的帮助而去单打独斗，确实是不成熟的表现。

"今天我终于站在这年轻的战场／请你为我骄傲鼓掌／今天我将要走向这胜利的远方／我要让这世界为我激荡"，《年轻的战场》还在循环，时间不知过了多久，车外路灯已熄灭，天边已发白。清晨 6 点回到奥运村，躺下后，我发出一条短信，"Mo 姐，请再给我四年时间，请再相信我一次，我会成功的。"

一觉睡醒已是下午 1 点钟。好久没有在这个时间醒来，看着空空的宿舍我竟然有些恍惚。我洗了把脸，看到镜子里的自己双眼布满血丝。忽然，我看着自己的头发，心中冒出一个想法。半个小时后，我来到了北京南门一家理发店。洗完头坐在理发椅上，我却又陷入了犹豫挣扎。理发师傅过来问我怎么剪，我说"抱歉，让我想一下"。我跟镜子里的自己进行了最后 20 分钟的对话。最终，我喊来理发师傅"师傅，剃个光头"。师傅开始有些讶异，但也没说什么。我感觉到剃刀滑过头皮的冰凉，看到镜中的自己头发一片片滑落。然后，我感觉到了重生和前所未有的轻松。我闭上眼，脑中闪过所有过往感受，欢欣、悲凉、快乐、彷徨，再睁开眼，镜子里是一个陌生而又全新的自己。

在国家队，不准剃光头是不成文的规定，但我的削发，因为并不是为了哗众取宠，而被教练们默许。那一个"光头鲍春来"，成了我三十多年生命中绝无仅有的自己。

我用一个新的发型换来了赛场上一个全新的自己，但是没过多久我就发现，奥运会带给我生活上的噩运远未结束。奥运会后一直陷在沉重的失利阴影里，我竟然发现已经好久没有回家了。于是我在情绪稳定下来后，赶回家去看父母。回到家时，母亲并不在，只有父亲对我嘘寒问暖，安慰我的失败。我问起母亲，父亲却闪烁其词，似乎在隐瞒着什么。最后，在我的逼问下，父亲才不情愿地告诉我，母亲正在因为眼疾住院。后来的事情许多朋友也都知道了，母亲因为错过了最佳的治疗时期，导致视网膜脱落，一只眼睛失明了。

悲痛之余，我冲着父母大发脾气，责怪他们这么重要的事情为什么要瞒着我。母亲靠在病床上不说话。父亲靠在母亲身边，不敢看我的眼睛，支吾着说，怕影响你比赛，奥运会呀……我看着母亲缠着纱布的眼睛，又马上后悔，自己刚刚不该孩子气地埋怨，忍不住地扑进母亲怀里痛哭。不知是为了母亲还是因为自己，那是我长久以来哭得最伤心也是最痛快的一次。

后来我从医生那里了解到，其实母亲在奥运会前已经确诊了视网膜脱落，如果那个时候及时手术的话兴许还有挽救视力的可能。我这才想起来奥运会前我最后一次回家吃饭时，就看到了母亲红红的眼睛有些不对劲，当时也没太在意。现在想来，追悔莫及。我躲着父母在医院的卫生间里捶打着墙壁，在心里大骂自己，为什么当时没有多问一句？不该是互爱的亲情吗，为什么要这样相互折磨？为了比赛我没能见到外公最后一眼，为了比赛竟然让母亲失明，我到底还要为了比赛失去多少尽孝的机会？

Chapter 4

到了说再见的时候

是认命吗？不是。经历了这么多，我已经能够更加冷静成熟地去分析这些事情了。此前，我总是不太愿意提及自己的伤情，现在我更应该正视它，结合实际去分析整件事情。正视事实后，自然而然地要考虑自己下一步该怎么去做。实际上，未来就摆在那里，很残酷、很冰冷，也很真实。

21

从"头"再来

北京奥运会后，我想了很多，关于事业，关于亲情，关于以后的路。奥运会很重要，但毕竟只是人生的一个逗点。比赛很重要，但毕竟只是人生的一部分。亲情很脆弱，我必须尽最大努力去珍惜。

从前，我总觉得羽毛球就是我的生命，就是我生活的全部，所以仅仅一场比赛的胜利或者失败就可以左右我全部的悲喜。忽然在那时的某一刻，我开始觉得可能从前的自己错了。尽管我二十多年以羽毛球为生，但是人生在世或许可以把眼界放得更高远。我应该把羽毛球作为带给我丰富生命体验的一项活动，它是过程，而非目的。正因如此，所有我为它付出的辛劳、疲累，乃至不眠不休，都应该无怨无悔；它带给我的喜悦、悲伤，乃至伤痛绝望，都应该欣然接受。我既然选择了它作为我毕生奋斗的事业，也就应该做好准备去面对因它而失去的家庭的温馨，爱人的温存，包括普通人平凡生活的快乐。这所有的一切，都是专属于我自己独一无二的生命体验。想到这些，我忽然感到有些轻松。

大概事情还是那些事情，换个角度去看时，感受却会如此不同。好了，生活还要继续，不如放下一切杂念，回到最初。感谢那个时候不离不弃关心我的所有人，父母朋友，教练队友，还有好多我的球迷。来自他们的力量让我更加坚定了自己的信念，轻装前行。

至于前行的目标，早已很清晰地摆在那里：2012年伦敦奥运会。从年轻稚嫩初登奥运赛场时的慌乱、不知所措，到2008年技术转变的瓶颈期，我相信到了伦敦，自己一定会比之前两次更加成熟、自如，那时才会是一个最好的鲍春来。

于是，带着全新的造型，我出现在了9月份进行的中国羽毛球大师赛上。

小伙伴们都惊呆了。不仅仅是观众、媒体记者，甚至是场上的对手都睁大了好奇的眼睛。他们大概都在猜测，我到底发生了什么变故？心理出现了什么样的变化？这又代表着怎样的比赛态度？本来我剪掉头发只是为了激励自己，到最后却演变成了一种"心理战术"，这是让我始料未及的。

当国家队结束奥运新周期的第一个冬训时，时钟已经跨入2009年赛季。惯例的访欧之旅首当其冲，首站是德国公开赛。队里只安排了部分主力参加，我名列其中。但此行我的主要目的并非参赛，而是治疗膝关节的伤病。按照计划，如果治疗和比赛冲突，我将放弃比赛。从 2002 年起，膝盖伤势就反复纠缠着我，我已经迫不及待要跟它一刀两断了。我此次拜访的主治大夫曾经为李娜开过刀，可谓运动医学领域的权威。按照惯例，手术前医生会跟病者有一番谈话。主要是告诉病患，检查出来的状况如何，手术可能会发生什么样的情况，最后由患者来决定这个手术要不要做。到了德国，与医生会谈之后，综合手术的风险以及术后恢复情况的预判，我最终还是放弃了手术。那一次长谈，也让二十七岁的我在一闪念间产生了时不我待的感触。

进入国家队那么多年，眼见着老球员一个个退役离开，一批批的新人顶上来，我心里从来没有过波澜，总觉得退役是离自己很遥远的事，不知道多少年之后才会发生。德国之行让我知道了自己的伤情，过去仿佛遥不可及的东西一下子被现实推到了面前，躲无可躲、避无可避。现在，伤情想要痊愈已经变成了一种奢望，那剩给自己的时间还有多少？我不知道，医生不知道，谁都不知道。不过因为奥运会后的思考，我倒是对即将发生的一切都能够坦然接受。

还没到终点，就还得拼命奔跑。剩下唯一能做的，就是多参加比赛。抛开忐忑和不安，带着拼死一搏的劲头去参赛。不再去考虑对手是谁，强弱与否，用不用保留几分力气，因为我把每一场比赛都当成自己职业生涯的最后一场比赛来打。

结果，那一次的德国公开赛我拿了冠军，打破了 15 个月的冠军荒。大家都表示诧异，怎么我休息调整了一段时间，反而打得更好了？为此，还有队友嚷嚷着也要休息，说不定这样成绩也能上去了。当然，这只是玩笑话，他们是在为我的回归感到高兴。我也为重新看到希望感到庆幸。许是心态真的因为想法而改变，德国夺冠后，我又接连在亚锦赛和新加坡超级赛中问鼎。然而，2009年的好运还未结束。

放弃了手术，意味着我需要不停地进行保守治疗。为了更好地应付下半年赛事，我向队里申请赴香港大学的陈方灿博士处进行体能和力量的专项训练。6月，当队友们开赴青岛为世锦赛做最后准备时，我则孤身一人踏上了南下的旅途。陈方灿博士是业内很出名的人物，北京奥运会前，张宁的康复计划便是由他来安排的。和张宁相比，我的训练时间从两个月缩短到一个月，因此密度更大、更集中。

训练第一阶段是上午9点到下午1点，第二阶段是下午4点到晚上7点，然后治疗放松到晚上9点左右。至今让我记忆犹新的是一项被称作"自杀式"跑步的训练。"自杀式"是不是光名字听起来就让人觉得不寒而栗？训练中，我需要运用腿蹬的方式在静止跑步机上冲刺，还必须达到规定的心率与组数，每次都需要在跑步机上连续不停地跑三个多小时，每个星期要跑三次。第一天"自杀"完毕，从跑步机上下来的时候，自认为耐力还不错的我生平第一次有因为太累而要呕吐的感觉。

一个月不摸球，专门练体能，手上的感觉自然差了很多。在接下来的世锦赛里，我第一轮就输给了荷兰选手迪基。但我觉得代价是值得的，陈博士的治疗让我的膝盖情况有了明显的巩固，让我对下半年的赛事充满了期待。

9月底，与陶菲克在日本超级赛决赛中的对决，被认为是我职业生涯中的经典战役之一。

从1997年出道开始，陶菲克便是任何一个羽毛球运动员都无法绕过的名字。这么多年的交手，我们彼此之间都非常熟悉，也会针对各自风格制定相应的战术，开场怎么打，节奏如何控制，除了比技术，也在拼智慧。我的每一次跟陶菲克对战都很难打，但从比赛的体验来说，也很过瘾。最终，比分被定格在21比15和21比12，我收获了2009年的第四个冠军。

如果要对2009年做出评价的话，我想这应该是自打羽毛球以来最好的一个我，把技术、心态和体能融会贯通，达到了前所未有的状态。

22
到了说再见的时候

运气，或者说积累，就像银行里的存款。生活需要你不断地去消费，等你存的这些钱花完了，就难免再度陷入一个低迷的时期中去。经过 2009 一个赛季的神勇表现，我的"积蓄"耗费得差不多了。在挥霍这些积蓄的同时，我也忙碌得没有时间安静下来，去做更长远的积累。于是，进入 2010 年，还债的时刻如期而至。我的职业生涯像国内的股市大盘一样，从一个顶点开始一点点地拉低。

2010 赛季第一站韩国顶级赛，我在面对一名英国选手时，刚刚打了一个球就拉伤了腰。我咬着牙坚持打完比赛，但过了没几天伤处就开始发炎。想想那天的赛前准备我做得挺充分的，也都活动开了，可不知道怎么还是拉伤了，也许是因为当时韩国太冷了。因为腰伤作梗，我在跟谌龙争夺四强的比赛中退赛。一周后的马来西亚超级赛第二轮，与越南选手阮天明打到第三局，我再度无奈放弃。

　　回到北京后，我找到了队医罗医。记得罗医检查时，蒋燕皎刚好在身旁，她看到我身上青一块紫一块的痕迹还嘲笑我，"小鲍，你有几天没洗澡啦？"她哪知道那当然不是洗澡没洗干净，而是膏药贴的。见多识广的罗医安慰我，这是几年来第一次伤及腰部，并不算太严重，通过一定的恢复治疗应该可以痊愈。

　　农历新年过后，我们又踏上了征战欧洲的航班。德国公开赛上，作为头号种子的我在决赛里以 21 比 13、21 比 10 击败队友谌龙成功卫冕。

　　赛后，包括世界羽联和路透社都专门撰文评价了我的表现："鲍春来在决赛中展示了世界一流高手的水平，此前状态低迷的鲍春来又回来了。"我也暗暗地鼓励自己，不要管之前的什么韩国赛和马来西亚赛啦，咱们中国人讲究农历年，这才是新年第一站啊！新的一年我开了个好头，这一年我一定可以的！

　　可惜理想很丰满，现实很骨感。打完德国比赛后，恼人的膝伤又开始反反复复，我比赛的成绩也在八强、四强间起起落落。其实当时伤势并不是说特别严重地爆发，而是呈现出一种不稳定的状态。可能今天还在正常训练，对抗中表现得还挺好，但过了几天再对抗的时候，我就觉得腿开始痛，做动作特别不舒服。

　　在 2010 年里，最重量级的大赛非广州亚运会莫属。在羽毛球项目里，由于亚洲在世界羽毛球版图中占据着绝对的统治地位，所以亚运会的奖牌分量丝毫不逊于奥运会。随着广州亚运会的脚步悄然临近，我也在积极地做着最充分的准备。四年前，我作为中国代表团的旗手出现在多哈，并且和队友们一起捧起男团奖杯，时隔十六年之后重新登上亚洲巅峰。但是，在中国羽毛球队，任何一个人都无法躺在功劳簿上一劳永逸。那个时候，队里像谌龙那样有实力的年轻人已经开始涌现，他们必定会争取更多机会上场，而且，在大赛中搭配老将锻炼新人也是羽毛球队的传统和新老更替的必经之路。所以，虽然我已经入选了亚运会的大名单，但到比赛时能否出场，我的心里着实没有底，因为我比其他人更多了一个强劲的对手：我的膝盖。

还好膝盖争气，一直到去广州适应场地时，都没有出现大的异样。那届亚运会入选男单大名单的人有四个：林丹、陈金、我和谌龙。那时我的成绩已经有所下滑，从以往铁定出场的第二单变成了待定出场的第三单。待定的意思就是我需要跟谌龙去比状态，谁更好谁才能上。然而因为林丹和陈金的发挥出色，我跟谌龙的竞争变成了我一厢情愿的臆想：为了锻炼新人，教练组每次都安排了谌龙上场。

团体决赛前，我实在憋不住向钟导请缨，钟导如此回应："我知道，谌龙上场可以赢，你上场也不会输，既然这样，不如就多给年轻人一次机会吧。"钟导的话让我的心里五味杂陈，又甜又涩。所以，整个广州亚运会下来，我就一直坐在板凳上观赛。唯一一次离开板凳，便是跟队友一起上台领了冠军的奖牌。那是我职业生涯中唯一一次一场未打却还上台领奖的比赛。听起来有点讽刺，又满是辛酸。

从广州回来，我依旧拖着病腿投入新的训练。那个时候让我坚持下去的，就是参加伦敦奥运会的信念。我觉得，距离 2012 年时间还长，亚运会没登场，正好是一个休养生息的机会。我从现在开始积蓄能量，等到了伦敦的赛场上，说不定还能像 2009 年一样，焕发出灿烂的光彩来。

作为精神上的寄托和支柱，奥运会充满了迷人的吸引力，然而现实中的备战奥运会却只有冷冰冰的残酷。参加奥运会的名额，比之于其他大赛更为紧缺，竞争自然也更加激烈。根据世界羽联的规则，奥运会参赛名额，首先是要以世界排名积分为基础。这些积分，就是你参加各项大型比赛的成绩。根据成绩不同，拿到不同的分数。从理论上来说，参赛的次数越多，越有可能拿到更多的分数。所以基本上我所期望的休养生息、积蓄能量的计划只是一种奢望，它是与世界羽联的选拔规则相冲突的。为了实现自己的奥运梦想，我必须要频繁地参赛，争取拿到足够的积分。

2011 年年初，我参加了韩国和马来西亚的比赛。赛前一星期，我的脚踝和脚趾再次受伤。当我勉强打完两项比赛时，真正体会到了什么叫作"力不从心"。最让人纠结和痛苦的事莫过于明明知道球就在那里，落点也能清晰地判断出来，可是自己的双脚却像被粘牢在场地上一般无法挪动。

两次比赛无功而返，没拿到多少积分。回到北京稍作治疗，我便又匆匆踏上新的征程。由此，我陷入了一个恶性循环的怪圈：因为伤情状态不稳定，势必影响比赛成绩，比赛成绩不好，每一站赛事积分就拿得少，为了拿更多的积分，我就得参加更多的比赛。这样一来，就影响到了我的休息，让伤情更加恶化……有那么一段时间，我感觉自己真的打不动了，身体和意志都已经到了接近枯竭的边缘，比赛不再是享受，而是变成一种机械化的重复。更痛苦的是，面对比自己年轻、以前实力远不如自己的对手，我却因为伤病不得不屡屡败下阵来，这对我的自尊和自信都是极其沉重的打击。

我的世界排名开始慢慢往下跌，最差时竟然跌出了前十。而按照世界羽联的规则，某一个国家必须在奥运积分赛周期以内有三人进入世界排名前四，方能拿到满额的三个参赛席位。换言之，我的形势不容乐观。6 月的新加坡和印尼两站公开赛期间，我的旧伤又被触动。退役的想法，模模糊糊地逼近。

最终，因为队里对我的状态实在难以把握，我失去了参加 2011 年世锦赛的机会。我心里明白，参加不了这次世锦赛，也就意味着我基本上失去了参加 2012 年伦敦奥运会的机会。果然，李导不久后就对媒体宣布：参加 2011 年世锦赛的阵容，基本上也就是 2012 年奥运会的参赛名单。得到这一消息，我内心反而一下子轻松了。

是的，看来到了该说再见的时候了。

是认命吗？不是。经历了这么多，我已经能够更加冷静成熟地去分析这些事情了。此前，我总是不太愿意提及自己的伤情，因为我觉得老说自己有伤会成为给比赛失利寻找借口。寻找借口固不可取，但我更应该正视它，结合实际去分析整件事情。伤病无法痊愈，这是一个不可改变的事实。身负伤病，注定了我不可能以百分百的状态出战，成绩必定会受到影响。伤病已然成了我身体的一部分，现在对战实力，就是带伤出战的实力。竞技场上没有假设，不能说"假如我没伤，会如何如何"，对手也不会因为我有伤，就会手下留情或者不认真对待，比赛也不会因为我有伤就会做出任何的改变。

正视事实后，自然而然地要考虑自己下一步该怎么去做。实际上，未来就摆在那里，很残酷、很冰冷，也很真实。我不可能再恢复到一个黄金年龄的黄金状态了。继续待在国家队，奥运会是铁定参加不了。时好时坏的膝伤让我的状态顶多也就保持在现在这样一个层次水平，不可能再有突破，那还有什么价值呢？还不如我选择退下来，把机会让给新人，让他们早点接受磨炼，早点成熟。这是对我自己的解脱，也是对国家队的最后贡献。

想法一旦清晰起来，便挥之不去，而且变得根深蒂固。我自己这一关好过，但却不知道该如何跟家里的父母交代。那时父母都在北京，我基本上每个周末都会回家。我怕他们接受不了，便没敢一下子和盘托出退役的想法，只是一步一步地试探着向他们询问说，要是我以后不打球了，你们愿意吗？就这样慢慢地渗透了两个多月，我才正式跟他们说出退役的打算。

父母的反应其实比较平静。原来他们早就替我想过退役的事情，但是怕我自己接受不了，便没有说出口。现在好了，我自己提出来了，他们也安心了。我至今还记得父亲用极其温和的语调跟我说的话："不想打就别打了，打了那么多年，你有多努力我们都知道，你也该好好歇歇了。"那一刻，我对人们常说的一句话有了更深的体会：当大部分人关注你飞得高不高的时候，只有最爱你的人才关心你飞得累不累。

在教练组，我最先把退役的想法告诉了钟导。乍听之下，他有些惊讶，但他清楚我的情况，也就没有多说什么，只是让我直接去跟李导说。

晚上，我独自坐在昏黄的灯光里，在电脑上逐字逐句地敲出了那一份我二十八年人生中最重要的一页文字：退役报告。不过几百字的报告，我却花费了一个多钟头的时间。

第二天，我就把打印好的退役报告交给了李导。从李导办公室出来的那一刻，我真正觉得一下子卸下了千斤重担，整个人都轻松了许多。

秋天，是北京最美好的季节。2011年的秋天来得特别早，刚到9月，国家训练总局院子里的银杏树就都黄透了，清冷中泛着一丝温暖，煞是好看。我忽然惊觉，在这些银杏树下走过了十多个寒来暑往，却一直没有发现如此美景。

国家队很快批准了我的退役申请。就在我还在想怎么向外界来宣布此事的时候，一些国外记者已经从国际羽联对外公布的球员信息中发现我的编号被消除了，纷纷打电话到羽毛球队询问。就这样，9 月 21 号这个没有被刻意选择的时间成了我从国际赛场正式退役的日子。

从外界来看，我的退役在好多关注我的球迷朋友中引起了轰动，算是当时不小的新闻。但是在羽毛球队内部来看，却是一件稀松平常的事情。迎来送往，新旧更替，这是每一个运动员都会遭遇的一刻。没有盛大的欢送会，没有队友的依依惜别，事实上是教练和队友们已经开始为新的比赛奔忙，而我要做的事情就是赶紧把宿舍腾出来，让给新上来的队员。

同宿舍的队友去外地参加比赛了，我就一个人在宿舍开始打包。记得开始收拾前我还拿手机录了一段视频，把房间的各个角落都拍了一遍。只可惜这段珍贵的视频后来随着手机的坏掉而不复存在。我一件件地整理着自己的东西，整理出好多以前的照片和装备，也整理出好多难忘的回忆。曾经的各种欢乐、悲伤、美好、遗憾统统涌上心头，想到以后可能会要永远地离开这个生活了十多年的地方，我感慨万千。

我的东西太多了，总共塞满了大大小小十几个箱子，光歌曲的 CD 就占了两大箱。我没办法一次性搬完，便陆陆续续搬了好几天。后来，杜鹏宇住进了原来我的那间宿舍。

猛地一下子脱离了那个机械重复的环境，前几天我是在莫名的兴奋中度过的。就像被关了太长时间的鸟，我在被放出笼子后禁不住使劲儿地扑腾着翅膀。然而那兴奋的几天过去后，我的生物钟还是回到了从前。在搬回家的前几个月里，我每天早上还是会在 6：55 左右自然醒，有时我甚至会腾地从床上坐起，不自禁地伸手要去拿拍子，满脑子想的是赶紧去楼下集合。待看清了周围的环境已不是从前的宿舍，我才愣一会儿，有点失落地重新躺下。不知为何，退役之前我很少会晚上做梦梦到打球，但是那段时间我却几乎天天在梦里打得很累，很累。

　　虽然退出了国家队，但我仍保留了参加国内比赛的权利。不为别的，只为从小到大一路走来，羽毛球已经深深地融入了我的骨髓，我的生命中不能缺少它。不参加国际比赛，我便有了充裕的时间去积累，去训练，去调养，对我来说，少了一份压力，多了一份快乐。后来，我代表湖南队参加了 2013 年的全运会。虽然队伍的成绩一般，但能在这个年纪，在带伤上场的前提下，还有比赛可以打，我就已经很开心，输赢也都已经变得不再重要。

　　如今，我不再为膝伤感到自责和懊悔。退下来以后，我时常怀念那一段阳光灿烂又热血沸腾的日子。我庆幸我的职业生涯赶上了一个中国羽毛球鼎盛的伟大时代，我欣慰我参与了一场场可以载入史册的经典战役，并在一些球迷心中留下了我的名字。

23
我的回忆洒满世界各地

成为国家羽毛球队队员之后，在世界各地奔走比赛成了一种生活的常态。尽管比赛之外供我们自由支配的时间很有限，只能匆忙间观赏比赛所在城市的异域风情，但是我还是感谢这份职业的机缘，让我领略了这世界之大，开阔了我的眼界，延展了我生命的广度。我看到每个国家有每个国家的风景，每个球馆有每个球馆的姿态……这些，都构成了回忆的丰富多彩。所以你看，其实一个运动员的回忆中并不都是重复的训练和比赛，也有塞满训练和比赛间隙的欣赏和玩味的时光。在我看来，它们反而是我更有兴致去回忆的部分。

一二月份，每次新年过后的第一站，一般都是飞往韩国首都首尔打韩国公开赛。

因为纬度相近，首尔的冬天跟中国很多北方城市很像，空气中充满了干燥。首尔的球馆很大，外面寒风呼啸，室内又没有暖气，所以我对韩国公开赛的印象便是一个字：冷。比赛开始前我穿了棉大衣缩在角落一动不想动。但为了比赛中不受伤，还是得咬牙做准备活动，往往活动了半天，手脚却还是冰凉的。2010 年打韩国站比赛时，我就曾因为赛前准备活动不足拉伤了腰。

在我的眼里，首尔就是潮流前线和时尚之都。只要时间允许，我必会出去逛街。明洞和东大门那些新潮的衣服和各种新奇好玩的物品每每都让我流连忘返。

有时逛街时我也会邂逅一些很有意思的街头人文景观。我记得经常会在首尔闹市的街边看到街舞表演。大概跟韩国人舞蹈水平整体比较高有关，有些街头艺人的舞技在我看来已然达到了专业水准。每次遇到我都会驻足观赏一会儿，一边鼓掌叫好一边想象着自己这长手长腿的身材跳起街舞来会是什么样子。

逛街之余，对于我这个吃货来讲，四处寻找美味的吃食自是必然的。在韩国吃饭，除了那些新鲜美味的小吃，我几乎每天必点两样东西：一个是排骨火锅，另一个是参鸡汤。每次吃完这两样东西，尤其是参鸡汤，我都会出一身热汗，感觉自己的元气又被大补了一回。我时常想，为什么那些韩国的选手都那么抗冻，而且浑身有使不完的劲儿，一定跟他们平常吃参鸡汤之类含有人参等大补食材的东西有关。回到国内，每每听到哪里开了地道的韩国餐馆我都会追不及待去品尝一番，却从没有吃到过如在韩国吃到的味道。不知是换了水土他们做不出，还是脱离了在异国的心境我品不出。

　　每年四五月樱花盛开的时候，也正是我们征战日本公开赛的时候。

　　印象中我所参加的每一届日本公开赛的场地都设在东京的代代木国立综合体育馆。它是由日本建筑大师丹下健三设计的，球类馆造型别致，从外面看上去很像一只蜗牛。但是我对这个体育馆印象最深的不是它的外部造型，而是它的内部灯光。

　　有过在好一些场馆打球经验的朋友应该知道，羽毛球项目对于场馆内灯光的设计是很讲究的，除了要适当亮度的照明，最重要的便是灯光在天花板安放的位置，要以不影响球员的视线为前提，所以在专业的羽毛球场馆中，在比赛场地的正上方是不能被安放灯具的。然而代代木国立综合体育馆并非一个专门的羽毛球馆，我们的比赛场地是临时改造而成的。场地可以改造，灯光却没法重新设计：那个球馆的球场正上方安放了一个大大的圆形顶灯。这样的灯光对于比赛造成的影响便是每次球一被打到头顶灯光的区域便看不到了，有些专业球员甚至因此会出现打空球这样的低级失误。所以每次打日本公开赛，如何应对灯光问题往往成为我们的首要问题。比如我们会选择多发后场，以期利用灯光造成对手的失误。当然了，对手也很聪明，会再回一个后场高球。我记得队中还曾有人传言我们的一个前辈每次打日本公开赛都戴着墨镜上场。传言便是传言，是否真有其人已无法考证，只是当时我一想象那个"戴着墨镜打羽毛球"的画面就笑得不行。

跟首尔一样，东京同样是时尚时尚最时尚的时尚之都，比赛之外的逛街活动同样不能放过。在东京，我常去溜达的地方是表参道和原宿。因为国土面积小，所以日本人都很会利用空间。东京尤其寸土寸金，所以在东京大到街道的建筑格局，小到宾馆的房间布局，无不显示了日本人对于空间的珍惜和挖空心思地利用，用一个词语来概括就是"密而不乱"。他们的建筑或东西很多，但是各有位置，从不会随意侵占不属于自己的空间。这点很像日本人自身，再急再忙的事情也都会守秩序，不逾矩。

在日本的饮食中，我对于各种面情有独钟。就像在韩国必点排骨火锅和参鸡汤一样，我在日本吃饭必点一碗面，拉面、乌冬面或是荞麦面等。再配以好吃的牛肉，尝尝鲜嫩的寿司，比赛之外的生活才是真正的放松。

因为世界羽联的一系列比赛，诸如新加坡公开赛、马来西亚公开赛、泰国公开赛都是被安排在每年的六七月举行，再加上有好几届五月举行的汤姆斯杯被安排在马来西亚或者印度尼西亚，所以在我的记忆中，我们似乎总是在夏季来临的时候开启我们的东南亚"新、马、泰＋印尼"四国游。

夏天的东南亚，一个字便可道尽，那就是：热。除了有空调的室内，哪里都热，屋檐下热，树荫下照样热。东南亚的热风好似狗皮膏药一样黏在人的身上，唯有开足马力的空调才能把它们赶走。

天太热了，我就盼着下雨。当然，有时天太热了也的确会下雨，但是东南亚的雨不像中国南方地区的雨一样慢慢酝酿，绵绵倾诉，天气也会随着阴雨变得阴凉，那里的雨来时没有任何前奏，只见天空飘来一片云，到了头顶便是一阵任性的噼里啪啦，雨滴如冰雹般重重往下砸。不出十分钟，发泄完毕，天空那片云飘走，依旧烈日当空，就像什么都没发生过一样。

在这样炎热的天气里打比赛，感受可想而知。我已经不记得第一次去马来西亚是打什么比赛了，只记得当时同去的队友有蔡赟和陈郁。那次蔡赟跟一个香港选手打，场馆里的空调开得很小。本来体能很好的蔡赟跟对手拼了五局，下场时整个人已经热得抽筋了，动都动不了，最后我跟陈郁只好把他背回去。

还有一次，同样是去马来西亚比赛。那次不知何故，球队没有选择住在吉隆坡市区，而是驻扎在了风光旖旎的沙巴岛。酒店出门就是碧蓝的大海和金色的沙滩，恍惚让我觉得自己是来度假的，搞得一点打球的心思都没有。然而当我们离开沙巴岛的酒店来到市区的球馆时，才真正体会到了什么叫作从天堂到地狱：因为那时正是七八月份流火的夏季，吉隆坡室外的温度已经达到了 40 摄氏度，而且最最要命的是球馆里面竟然没有空调！当我在球馆里坐着不动都会汗流不止，连呼出来的空气都是热风时，我忽然怀念起那个在首尔球馆穿着棉大衣都冻得瑟瑟发抖的下午。

那次比赛我第一场打皮特·盖德。对手的实力和经验都不在我之下，因此必须全力去拼。然而无奈球馆里实在太闷太热，我们打着打着动作都越来越慢，球速也越来越慢。最后，一场原本应该激烈拼杀的比赛变成了一边散步一边互打拉调的和平球。尽管我俩已经拼尽全力在打，但旁人怎么看都像是两个人在玩游戏。最终，估计是作为北欧人的皮特·盖德更受不了球馆的闷热，败下阵来，我赢得了游戏的胜利。下场时，我已经一点体力都没有了。浑身就像蒸了一场桑拿一样，感觉一下瘦了三四斤的样子。

当然，东南亚的球馆并非都如我前面所写把人热得抓狂，但是记忆这种东西就是奇怪，那些舒舒服服、顺顺利利完成的比赛都已烟消云散，只剩下那些不那么顺利的或困窘或搞笑或尴尬或诡异的感受反而凝固在回忆的画板上，且大有喧宾夺主之势。我每次回望，它们总是争先恐后地冒出来。容我任性地姑妄说之，大家就只当是趣闻姑且听之吧。

说完马来西亚的热风，再来说说新加坡的怪风。相对于其他东南亚三国，新加坡是更加现代化的国家。他们的球馆硬件设施很好，而且为了给观众营造一个舒爽观球的空间，他们喜欢把场馆内的空调开得很大。这样一搞观众舒服了，却也给球员带来了"风"的难题。其实世界上有风的场馆很多，所以对于专业羽毛球运动员来讲，学会克服风的影响，甚至借助风的力量来赢得比赛都是必修的一课。当然，我说的只是可以掌控的顺风或者逆风。然而，新加坡的场馆四面都有空调，而且空调出风的频率和角度不一样，如此出现的后果便是如徐志摩那首出名的情诗所写"我不知道风是在哪一个方向吹"。有时甚至因为几个方向风的合力，场上会出现一阵小旋风。自然比赛中的球路也是随着风向的变幻莫测变得难以把握。所以在新加坡打比赛，不但要与人斗，更要与风斗，实在考验人的技巧和耐心。

一开始，好多年轻球员没有对待风的经验，因此在新加坡都打不出好成绩，我也不例外，吃尽了新加坡怪风的苦头。后来再打，我就摸索出了经验，开始感受风的风向和力道，一旦等到有利于我的时刻便抓紧借力得几分，变吃风的苦头为占风的便宜，我还因此拿过一次新加坡公开赛的冠军。

对于把羽毛球作为"国球"的印度尼西亚来说，其比赛场馆的设施也是无可挑剔的。雅加达的塞纳扬体育馆是世界上最好的羽毛球馆之一，曾见证过羽球史上无数经典战役的诞生。在印尼的球馆打球，感受最深的不是球馆本身，而是这里的球迷。印尼人民对于羽毛球的热爱，真的就像巴西人对于足球的热情一般。每次的国际大赛之于他们，就跟过节一样。

没有哪里的球迷可以在互动方面与印尼球迷相媲美。印尼的球馆虽然配置完善，但是普遍面积不大，而且不像其他国家把球迷和球员远远地隔开，在印尼的球馆里，球迷距离场地非常近。当我跑到后场击球的时候，可以感觉到球迷就在我身后叫喊，他们几乎一伸手就可以抓到我的球拍。在这样近的距离之下，加上球迷持续高涨的热情，想不展现自己的激情都难。然而对于心理素质不好的球员来说，球迷的疯狂则会成为令人恐惧的压力，心态调整不好的话比赛就会很危险。

在印尼，最受球迷欢迎的人物自然是他们的国民偶像陶菲克。有一次比赛，我在全场球迷的呼喊声中打赢了陶菲克，赛后我还心有余悸，害怕万一球迷看到我会有什么不冷静的行为。然而第二天再进球场比赛时，印尼球迷没有给我惊吓，反而给了我不小的惊喜：好多人起立为我鼓掌，甚至有的还上前来索要签名。后来我才知道，热情的呐喊和疯狂地舞动只是印尼球迷对于羽毛球热爱的表现，在他们心中，每一个赛场上的强者都是值得尊敬的。

于我来说，东南亚四国是我特别愿意去的地方，因为那里华人很多，交流起来不会有太大障碍。尤其在新加坡，中国队是很受当地球迷欢迎的，我们总是会受到不一样的礼遇。当然，另一个吸引我去东南亚的原因相信大家也能猜到，便是当地的各种美食。至今我还经常想起新加坡的肉骨茶和魔鬼鱼，马来西亚的风光、四大金刚、椒盐虾、麦片虾和海南鸡饭，琢磨着什么时候能有机会再去大快朵颐一番。

　　欧洲，我们经常会去的国家有德国、英国、法国、瑞士和丹麦等。我一直以为，国际羽联在安排每个欧洲国家的公开赛时，必定都是选中了这个国家最好的季节。我对于每年在欧洲比赛的记忆都是这样：先是在美好的季节里享受比赛，再在比赛后感受欧罗巴风情。

　　德国公开赛的比赛城市设在首都柏林。记忆中，柏林的天空总是蓝得很彻底。我们一般是下午比赛，回来时天都黑了。因为球馆距离酒店很近，我们便结伴走回来。路上经常是一个人都没有，路灯也不开，抬头望去，只能看到张牙舞爪的树的阴影印在蓝黑的天空上，很像万圣节女巫恐怖的长手指。我那时还想，大概万圣节这个节日就是从这些树来的吧。印象中的柏林实在是人太少了，让我这样爱热闹的人在那种地方住一个星期还行，住一个月的话肯定会憋出病来。

　　全英公开赛的比赛地点设在英国第二大城市伯明翰。我们住宿和比赛都是在伯明翰的老城，周围很少见到高大的现代建筑，多是维多利亚式的二层小楼。我们每次驻扎的酒店是一栋有着几百年历史的老建筑。走在木质的楼梯和地板上，听着脚下传来的咯吱咯吱的声响，心中不免浮现出对于厚重历史的敬畏。房间的色调也都是以英国传统的深红和蓝色为主，让我想到穿着黑西装的老派绅士。相比于法国人、意大利人和西班牙人，英国人的情感是内敛的。他们先天有一种帝国的傲慢和贵族的矜持。即便再喜欢一个人，也不会送上直接的赞美，即便是再讨厌一件事，也不会当面说出对这件事的厌恶。

同样古老的城市还有法国的巴黎，但是巴黎的古老中却带着浪漫的情调。我对巴黎街头的法国梧桐印象极为深刻。一眼望去，我的想象力便展开了翱翔的翅膀，想象着如果能在这样的马路上办一场婚礼，那必定也是极好的。到了巴黎，必然少不了去参观卢浮宫和埃菲尔铁塔。有一次我晚上去埃菲尔铁塔下散步时，刚好遇到了铁塔上演灯光秀。钻石一样璀璨的灯光不断变换着节奏，配以塞纳河畔的迷人风光和我闲适的心境，当真是美妙至极。

然而我在巴黎也发现了许多让人愕然的东西。比如香榭丽舍大街上出现的狗屎，塞纳河畔旁若无人地穿着比基尼享受阳光浴的当地人，以及地铁里和塞纳河左岸随处可见的流浪汉。

瑞士的巴塞尔一直都是瑞士羽毛球公开赛的举办城市。有几次，我们的酒店距离球馆很远，需要坐 40 分钟的城市快线才能到。虽然叫作快线，速度却比北京的地铁要慢很多。车厢里都是前来旅游的外国人，40 分钟的行程里，列车载着我们几乎穿越了整个城市。我背着球包看着窗外美丽的风景和游行的人群，又在恍惚间产生了自己是一位游客的幻觉。临下车时，不得不挣扎着换上比赛的严肃心情。

丹麦，对羽毛球和欧洲来讲，都是一个特殊的存在。在我的时代，包括我之前的许多年，丹麦一直因为皮特·盖德和卡米拉·马汀这对金童玉女的出现而代表着欧洲乃至世界羽毛球的最高水准。

丹麦之于我个人也有着特殊的意义。2001年，正是在丹麦，我夺得了个人的第一个公开赛冠军。加上从小对于安徒生童话世界的向往，所以丹麦在我的记忆中是一抹不同寻常的亮色。

因为丹麦公开赛的举办地点时常变换，我也得以去了丹麦不同的城市，包括法鲁姆、奥尔胡斯和欧登塞等。再加上我还曾参加过哥本哈根羽毛球大师赛，所以丹麦算是我造访城市比较多的欧洲国家。加上我们经常是在圣诞节期间造访丹麦，所以记忆中的它总是装扮一新，充满了节日的喜庆气氛。因为圣诞节，便会赶上商场的各种大减价，他们称为"Boxing Day"，人人都在血拼，我要是赶上了自然也不会落后。

欧洲球馆的最大特色在于每次比赛时都会被布置得像一个舞台。球场区被灯光打亮，观众区则处于黑暗中，观众可以看到我们，我们却看不到观众。那样的情况下，在球场上比赛就如同在舞台上表演一样。在有百年历史的全英公开赛赛场上，恰到好处的灯光和绅士般的裁判，尤其能给我们当演员的感觉。我想这大概也表现了欧洲人对于羽毛球运动的尊重。不同于东南亚球迷的时刻想参与其中，欧洲人更喜欢保持距离地观赏，就像观赏一场美好的演出。所以基本上能到现场看球的，都是真心喜欢这种运动，并且了解这种运动的。

在欧洲的球馆里，永远不会看到如东南亚和中国球馆中热闹的舞动和激情的叫喊。欧洲球迷在现场跟球员互动的方式显得矜持又克制。在运动员进场的时候，他们会为双方运动员送上一次掌声。比赛当中，如果出现了精彩的好球，这一球结束后，掌声也会热烈地从看台上响起。而当球员拿起球准备开球时，掌声又会马上停住，就像经过特别的训练一样。比赛结束后的掌声，欧洲人一般是分两轮来鼓的。首先，他们会将掌声送给胜利者，表示对他的欣赏和赞扬；再次，把掌声送给失败者，这一次的掌声甚至比第一次还要激烈，为的是表示对失败者努力和拼搏精神的钦佩。

徜徉在欧洲的街头，看着那些或新颖别致或历史悠久的建筑，我心里也会不自觉地平添几分文艺青年的调调，觉得就这样发呆一天都不会烦和累。然而大美的欧洲，也有美中不足，那就是我"吃"的欲望总是难以得到满足。

因为不适应西餐，所以如果条件允许，我们都会找当地的中餐馆吃饭。比如在伯明翰，我们每次都会跑到唐人街上找吃的。我现在还记得常去的那家在当地比较有名的中餐馆的名字，叫天天渔港。但是国外的中餐馆跟国内的餐馆还是差别很大，味道不正宗不说，他们给的饭菜量还很小。我们打完比赛那么累，当然都是照着下饭的菜点。而且我们一大群人一起出去吃饭真的就是为了吃饭去的，几乎不怎么说话，坐下就想着赶紧填饱肚子。再加上我们一个比一个饭量大，所以去到中餐馆，每个人说得最多的一句话就是"服务员，来碗饭"。我们这样的吃法儿每次都会把在旁边优哉游哉品着饭菜的老外看傻。后来因为我们每年都去那家餐馆，他们也就懂了，一看到我们这群人进来坐下，直接端上两大盆米饭让我们自助。

还有一次在瑞士，那天我们打完比赛已经是晚上七点多钟了，我们一群饿狼好容易找到一家中餐馆闯进去。我记得那家中餐馆里的灯光十分昏暗，只有一个老外服务生，还有一对夫妇在坐着聊天。我们点完餐，饥肠辘辘地等了十多分钟竟然一道菜都没上，于是我们开始不厌其烦地跟那个服务生催菜。后来菜终于上了。菜量小，一人一口一盘菜就没了，于是继续催菜。菜来了，又一个接一个催饭，"服务员，来碗饭""服务员，来碗饭"。后来，那个服务生竟然被我们气走了。

虽然国家不同，但是印象里国外中餐馆里的菜单上翻来覆去就那么几样：姜葱排骨、姜葱羊肉、姜葱牛肉……似乎只要是肉加了姜葱，就可叫中餐一样。要不就是茄子煲、冬瓜煲，各种鱼的煲。而且国外的中餐馆里永远没有新鲜的鱼可吃，我实在是吃不惯。

欧式的早餐我还是蛮喜欢的。一般在欧洲的早晨，我都会吃三片面包，加点黄油，外加果酱，喝一杯酸奶或一杯牛奶，再来五六根香肠，最后吃点水果，算是结束战斗。这其中，我最爱烤得外焦里嫩的香肠，一咬，里面的油都可以流出来。这样一顿内容丰盛又营养均衡的早餐吃完，午饭就不用吃了，熬到下午都不会饿。

我还去美国洛杉矶打过两次比赛，就住在著名的好莱坞山旁边。就是在美国，我见到了职业生涯中最大的比赛球馆。美国的球馆是用冰球馆改造来的，足足有两个北工大球馆那么高。站在球馆里，我望着那银河般遥远的穹顶发呆，心中感叹这绝无仅有的经历。

职业生涯中，我还参加了好几届香港公开赛。据说羽毛球运动在香港有着很好的群众基础，好多娱乐圈明星也都是热衷羽毛球的。但是因为香港地方小，场地有限，普通人要约一次场地得提前一个月预订。

我们在香港打比赛的场馆与酒店只有一街之隔，名字叫伊丽莎白体育馆，面积非常小，馆内只有三块场地。但是对于寸土寸金的香港来说，这已属于豪华的配置。

在香港吃饭，每次的感觉就是走街串巷找东西。因为香港的街道太窄，好多都是单行，加上很多声名在外的美食店都隐藏在小的街道里，所以我们干脆不坐车，就走路到处去觅食。港式茶餐厅是我的至爱。一到茶餐厅，我的固定点餐话语一般是这样的：服务员，来一份双拼，白鸡加叉烧，再来一杯奶茶，要冻的。

回首那些散落在世界各地的记忆，满满温暖，却也有遗憾，那就是我没有能够在职业生涯中参加一次台湾公开赛。其实原本有几次我可以去的机会，但最终都各种阴差阳错，与宝岛错过了。直到退役后我才以一个游客的身份来到台湾，短短的几日游玩，直让我感觉相见恨晚。

24
命运的沙尘暴

退役后，我曾在日本作家村上春树的名作《海边的卡夫卡》中读到过这样一段话：

"某种情况下，命运这东西类似不断改变前进方向的局部沙尘暴。你变换脚步力图避开它，不料沙尘暴就像配合你似的同样变换脚步。你再次变换脚步，沙尘暴也变换脚步——如此无数次周而复始，恰如黎明前同死神一起跳的不吉利的舞。这是因为，沙尘暴不是来自远处什么地方的两不相关的什么。就是说，那家伙是你本身，是你本身中的什么。所以你能做的，不外乎乖乖地径直跨入那片沙尘暴之中，紧紧捂住眼睛、耳朵以免沙尘进入，一步一步从中穿过。那里面大概没有太阳，没有月亮，没有方向，有时甚至没有时间，唯有碎骨一样细细白白的沙尘在高空盘旋——就想象那样的沙尘暴。"

我常常想，伤病或许就是我的命运。

最初进入国家队的那两年，我几乎从未进过医务室。那时根本想不到，十年后自己会变成个不折不扣的"残兵"，甚至因为伤病，不得不与挚爱的羽毛球告别。

2002年我的教练是钟波指导，在他眼里，年轻的我敢练，并且能练、肯练。之前那么多年的练球生涯，我只是在手上和腿上各动过一次小手术，基本没有任何妨碍。我从来都是态度极好的一个人，会很认真地完成教练布置的任务，并时常主动加练。我觉得只有不停止地训练，才能有不间断的好状态，才能出成绩。有些小伤和隐患，顶多一两天就恢复了，扛过去了就没问题。

国家队队医们经常开玩笑说："其他队员隔三岔五就往医务室跑，鲍春来一年都难得去一次。"十七八岁的我，正是少年不识愁滋味的年纪。现在看过去的录像，看那时候表现出来的速度、能力以及冲劲儿，自己都会感到羡慕。然而，伤病这东西就是个不速之客，来前不会跟你打招呼，犹如平地上从天而降的沙尘暴，伤病的恶魔毫无征兆地袭来。

釜山亚运会召开前，我曾一度在世界羽联单打排名第一。然而就是那次在丰台体育馆的对抗训练中，让我患上游离体绞索，自此开始跌入伤病的深渊。其实这病的原理说起来并不复杂。游离体，医学上也称关节鼠。运动员长期滑膜磨损，就会受到创伤。比如说一个骨头，中间有个膜，使人在对抗中间有一个保护，但这个膜受到损坏，本来圆圆的骨就被削尖了，或者是增生出来了。再恶化下去，尖就要掉出来。它在身体里游来游去，说不定哪一天，它便卡在两块骨头中间，于是，就动弹不得了。

在这期间我也多次努力，膝盖只是时好时坏。有时候一个小寸劲，游离体从骨头缝里出来了，就觉得感谢上天，又能动了。可是走了几步，或者一上场打两个球之后，又会卡住。这种情况让我不停在庆幸与挫败中徘徊，根本就把握不住这种卡的状态什么时间来。正是因为伤病，原本应该是在巅峰状态参加的釜山亚运会就这么错过了。

我们队里的队医罗大夫是个很了不起的人，她的年纪是医务组最大的，应该也是整个羽毛球队里年纪最大的，大伙都称她为"罗医"。罗医曾是老女排的队医，经历过排球五连冠的辉煌。来到羽毛球队后，又伴随着李永波、赵剑华、杨阳、孙俊等一代又一代中国球员一次又一次捧起苏迪曼杯、汤姆斯杯、尤伯杯。罗医很好学，做事特别认真，既懂医疗，又懂训练。她曾经跟我说过，"小鲍啊，你个子高，从小打球训练多，运动量大，身体发育得就早。羽毛球是一个对抗激烈的项目，如果想要少受伤，不出问题，你就必须得把力量练足。"她经常讲的一句话是，在体能训练上欠了账，肯定要在赛场上还的。

以前，我没太把罗医的话放在心上。我想，自己在场上的能力还不错，而且又能经常赢球，干吗还要去练力量？况且成为队伍的重点培养对象后，比赛的任务也比较多，更多的时间我都用在了对技战术的雕琢上，无意中就忽略了对力量的训练。直到膝伤的恶魔缠上我之后，我才开始明白练力量的好处。可是，伤病永远是伤病，就算保护得再好，它也不会彻底消失，只不过"隐形"一段时间罢了。

　　手术后我开始有意地保护我的膝盖。或许也是因为年轻，在2005年年底之前，我的身体是"自由"的。但从2006赛季开始，膝伤的阴影又渐渐逼近，无法摆脱，没有办法的办法便是打封闭针。打封闭针的好处是可以快速止痛消炎，缓解软组织疼痛，然而据说副作用也是很多，比如会导致肥胖、骨质疏松、高血压等。但是为了比赛和成绩，我也顾不了那么多了。因为封闭针的良好疗效，我心中又燃起了新的希望。然而，封闭针的管用时间越来越短，最开始的时候一针能够管大半年，然后是四个月，再然后是两个月……总之随着伤势越来越重，封闭针起作用的时间越来越短，这又让我一次次感到绝望。

　　一波未平一波又起，在膝伤稍微好转的一段时间里，我又被查出患有风湿类的疾病，需要终生服药。得病原因至今不明，我猜想是小时候贪凉，喜欢睡在地上，不注意保暖的缘故吧。家乡湖南气候比较潮湿，稍有不慎，寒气就侵入了体内。风湿的最初一次发病可以追溯到2006年汤尤杯前，全队在福州进行封闭集训时。那一次绵绵阴雨一直下了好多天，我的脚踝关节忽然痛得不行，但就是查不出到底是什么毛病，为此暂停训练将近一个月，甚至错过了那期间举行的中国大师赛。我记得就是那届大师赛，陈金在决赛中赢下盖德拿到了职业生涯的第一个公开赛桂冠，更加年轻的王琳则成为女单冠军。队友们都去比赛了，我孤零零地一个人待在基地，没人聊天，也没法训练。最后实在没办法了，我打了一针封闭，休息三四天后才逐渐有了好转。

从那之后，几乎每个月我都要犯一次病。如果头一天训练强度比较大，再加上本身有点小伤，第二天关节肿胀的概率就特别高。而且病症是游走性的：这次脚踝发病，下次可能就轮到脚趾，几乎没有规律可循。可除了边吃消炎药边做放松按摩外，也没有其他解决的办法。后来，还是罗医一语点醒梦中人："小鲍啊，你该不会是得了风湿吧？最好还是去医院查查。"

"风湿？怎么可能！这不是老年人才会得的病吗？"尽管对罗医的推断半信半疑，我还是在某次发病时乖乖到医院做了相关化验。结果表明，血液里的抗O等指标比常人要高，说明体内有严重的炎症。然而直到目前为止，我究竟得的是风湿还是痛风，大夫仍然没能给出明确诊断，只是按照大概方向用药。但至于病因差不多可以确定——超负荷训练会增加身体负担，导致免疫力下降，病症自然不请自来。

2008年奥运会，正是在膝伤和风湿的双重夹击下，我输掉了比赛。确实，与其说输给了实力并不如自己的对手，不如说是输给了自己的伤病。北京奥运会上的失利，让我真正彻底地反思自己的现状。一起出道的林丹依旧保持强劲势头，老对手陶菲克、李宗伟、盖德等在赛场上也是风采依旧。而谌龙、杜鹏宇等年轻的实力派又不断地涌现出来。我相信自己有冲击 2012 年的能力，也对面临的严峻形势看得清清楚楚。

2009 年，我到德国与医生长谈时，他非常坦白地告诉我，因为我长期带伤训练和比赛，膝盖部位的肌肉与韧带都分担了关节太多的压力，已经形成劳损。这种劳损，是手术无法解决的。即便我做了手术，游离体被取出，也不能保证能在赛场上有更好的发挥，因为那些劳损的肌肉和韧带是没法恢复到原来健康时的样子。而且，它们随时都可能给我带来新的麻烦。也可能在某一刻，忽然就结束了我的运动生涯。

当初决定做手术，就是为了以后可以更好地打球。可现在按照医生所说的情况，我的目的基本无法达到。即便做了手术，还是会时刻陷入容易受伤病入侵的境地，那我为什么还要花费这么多时间在手术上呢？不能解决问题的方法，对我来说就是徒劳的。我考虑一番后，告诉李导（李永波）自己放弃了手术。李导当时就急了，吼着质问我：鲍春来，你知道你是在干什么吗？我心里委屈，但也理解教练的想法。不过，我还是坚持了自己的意见。

我用一段时间的休养换来了一个德国公开赛的冠军。回国后，我想，虽然放弃了手术，但膝盖时好时坏的问题还是得解决。我试着调整心态，不能老与伤病为敌，我得和它合作成为"朋友"，因为它就是我的一部分。于是我找到了罗医给我进行彻底的康复训练。那段时间我基本没有在五楼训练场训练，都是在力量房里度过。每天的力量训练，缓慢而又枯燥，之后的治疗也是苦不堪言，有时候我觉得自己的状态不是在羽毛球队，而是在举重队。泡在力量房练了近三个月的时间，膝盖的情况开始好转。真像罗医说的那样，技战术训练强度下来，力量稳定性上去，余额就补回来了。

罗医的康复计划之后，我可以恢复正常的技术训练了，还参加了 6 月的新加坡超级赛。之后为了更进一步加强膝盖的恢复，我才去到香港，跟随香港大学陈方灿博士进行体能和力量的专项训练。经过在港大的训练，我觉得自己的膝伤已经恢复得差不多了，状态明显比以前好了很多。加之在夏导（夏煊泽）的帮助下，我们共同找到了一种适合高个子球员控球的技战术打法。那一年，我总共四次登上了冠军领奖台。

这样看来，伤病还是能够和我妥协相处的。别总想着抛弃它，而是试着去了解它。在烦恼面前我们有时候得耐下性子，得积极一点，虽然很煎熬，但不也正在锻炼自己的意志吗？

之后的身体状况还算勉强过得去。直到 2010 年中，高强度的训练和比赛让我的膝伤又开始复发。而随着时间的推移，风湿病的犯病次数也逐渐增加。从开始的每月一次，慢慢演变到两三周一次，再到一周一次，最严重的时候竟然出现了一周两次的情况。痛到厉害时，连床都下不去。国家队每天早上 7 点集合，我通常会在 6：58

左右出现。如果到了 7 ：05 还未见人影，那就意味着我病又犯了。这时，主教练夏煊泽就会习惯性地跑上楼看看。出现在他眼前最多的画面，是卧床不起的我满脸痛楚地请求："嘴哥，您让小队员帮我带两个鸡蛋、一包牛奶当早餐吧，谢啦。"或许在旁人眼中，这番场景充满了黑色幽默，但教练和队友却早就习以为常。有时，教练甚至会半开玩笑地说："鲍春来就是个病人嘛。"从来都拿我开涮的陈郁自然也不会放过揶揄我的机会，"哎呀，还是有伤好啊，鲍春来又可以睡一上午了。"正是因为这个病，医生认为我不再适合继续打球，甚至提醒我如果不加紧治疗，还会影响到以后的身体健康。

就这样，伤病反反复复，成绩起起落落，世界排名不断创出新低，伦敦奥运会的终极目标也渐行渐远。不断挑战自己、改变现状，这是一个运动员的精神，但是当自己因为伤病，无法再继续这种挑战时，我才做出了最不愿意的选择——退役。

这么多年的运动生涯，在自己、队友，又或者其他项目的同行身上，都见证了一个从纠结到遗憾的过程。大部分中国运动员，从开始从事某个运动项目起，就一直为比赛、为荣誉而拼搏。年轻的时候不在意很多事情，包括训练的强度、手段的正规与否。一路走来，很多问题都被积攒压制下来。这些问题并不会因此而消失，往往会在一个运动员的心态、技术都经过了多次大赛磨砺而达到一个顶点时爆发出来。三十岁的年纪，对于好多国外的运动员来讲，正是真正进入职业生涯的黄金时期。这个时期的他们，经验、技术、心态等各方面都是最好的。与他们相较，很多国内运动员在正当好的黄金年龄却不得不遗憾地宣布退役，即使不退役，身体的状况也已不允许他拿到更好的成绩。离开的时候，伴随着多少疼痛和遗憾——知道自己本来应该能做更多的事情，赢得更多的比赛和荣誉，但一切都已经来不及了。

很多人替我惋惜，我也常常会假设：如果没有伤病该多好，我肯定能够走得更远。但生命中没有假设，我面对的事实只有一个：伤病选中了我，我必须得坦然接受。羽毛球之路，我们并肩一起前行。

如果论成绩，我肯定无法同很多人相提并论。若论对于羽毛球的热爱，我想我不仅不输给任何人，而且比很多人更坚强、更执着。

村上春树那段关于命运沙尘暴的描述其实还有后一段：

"而沙尘暴偃旗息鼓之时，你恐怕还不能完全明白自己是如何从中穿过而得以逃生的，甚至它是否已经远去你大概都无从判断。不过有一点是清楚的：从沙尘暴中逃出的你已不再是跨入沙尘暴时的你。是的，这就是所谓沙尘暴的含义。"

Chapter 5

那些人，那些情

当翻看一条条大家的留言时，我还是感动得眼泪在眼眶里打转。我没想到离开了三年多还有那么多人一直在默默地关注着我，我没想到那一股生生不息陪伴我走过近十年生涯的力量并未因为时间的流逝而消减，反而更加静水流深。

25

李永波，如兄如父

外界很多人评价李永波指导的个性时常用的词有这样几个：霸气外露、锋芒毕现、说一不二，等等。这些词语用以描述李导确实没错，但也只是说对了一个方面。

要在中国羽毛球队处于低谷时期担当起"复兴"的重任扭转乾坤，坚毅果敢的性格是必需的。然而，每一个男人都不止一面，当你处在他身边不一样的角度时，你总会发现他不一样的光芒。几年的国家队生涯里，对于我而言，李导如兄如父，时而用他厚实的羽翼庇护我成长，时而用他严厉的话语鞭策我前行。

李导从 1993 年开始执掌国家羽毛球队帅印，那一年，我才十岁。国家队教练，对于一个刚刚开始打球的小男孩来说，自然是不可企及的存在。然而几年之后，我就用自己的努力和成绩让李导记住了我。进国家队之前，我参加过一些全国的青少年比赛，甚至赢过一些国家队的选手，我也因此引起了李导的关注，这也是我后来能够进国家队的原因之一。

因为自己从小性格内向，平时也比较乖，基本不会难为教练替我劳神费心，脸红脖子粗的时候也几乎没有。但细细想来，我却几次在关键时刻给李导捅了大娄子，让他一次又一次地背上黑锅。

2002年，汤姆斯杯在广州进行。中国羽毛球队为了在主场重夺阔别十年之久的奖杯，众志成城，在李导的带领下一路杀进四强，跟马来西亚争夺一个决赛名额。半决赛当天上午的训练结束后，我走到李导面前，主动请缨。李导只是噢了一声，没有立即表态。随后举行的全队动员会上，教练组正式将第二单打的责任交到我手上。结果我在大好局势下输给了哈菲兹。尽管我只是丢掉了一分，但无疑这一分是影响整场比赛走势的分水岭。也因为我的失利，中国队在主场失去了亲吻汤姆斯杯的机会。当我满怀愧疚地去翻阅第二天的新闻时，却有些意外地发现，除了少量对于我的批评，外界更多地把矛头指向了李导——为什么要在这么重要的场次中，派出一个十九岁的黄毛小子？

从比赛结束直到回到北京，李导都没有只言片语地苛责于我，他总是用充满期待的口吻和我说："鲍春来，你知道吗，其实你可以做得更好。"

两年之后，再战汤杯。决赛第三盘，我击败丹麦选手乔纳森为球队夺冠拿下关键一分。最后一个球打完，我难以自抑地跪倒在地，仰天长啸。这场球让我使出所有的气力，尽管如此，和乔纳森握手致谢之后，我还是马上跑向场边的李导，我们俩痛快地击掌。看着李导如释重负的欣慰表情，我知道原来我们刚刚都各自经历了一个艰难的过程。我拼得精疲力竭，李导同样也不容易。虽然只是在旁边观看，但他心里的紧张和高低起伏绝不亚于我。而且我也知道，我能够出任第二单，李导承担了很多压力。我和他开玩笑说："看完这场球，您肯定费掉了不少脑细胞吧？罪过罪过。"

但时隔几个月的雅典奥运会，我再一次让李导失望了。我和林丹的发挥都大失水准，双双遭遇黑色奥运，质疑声铺天盖地而来。因为当初奥运名单公布的时候，就有很多人为夏煊泽鸣不平，他是前一届奥运会铜牌得主，并且刚刚问鼎 2003 年的世锦赛冠军。但是，李导还是力挺我和林丹两个年轻运动员参加比赛。接连失利雅典以后，我和林丹都觉得没脸见人，更不愿意去见李导，不知道见到他应该说些什么。那时候，如果李导批评我们两个一顿，甚至给我们一个处分，我们都觉得能接受，而且心里也会好过一点，可是这些都没有。

回国之后，李导给我们开了一个会，肯定了我和林丹的技术水平是到位的，到了可以去打奥运比赛的水准，只是心态没有把握好。另外他还特别提醒我们说，这回奥运会比赛输掉了也不全是坏事。首先，我们积累了大赛的经验，也从中认识到了自己的不足；其次，见识到了其他国家羽毛球运动员的长处和优点。只要我们能够把心态放平和，根据自己的不足去有针对性地进行训练，我们的技术水平和竞技水平肯定会有一个长足的进步。

李导的这番话带给我不小的触动。他对我的肯定让我跌到谷底的自信心恢复了不少，也能更加客观理智地去看待那个失败的自己。然而来自外界的压力却不像我们在队内感受到的那么祥和，面对种种指责和非议，李导都是一肩扛，从不让我们感受到一点困扰。

这便是李导，平时训练当中，他都是一副气势逼人的威严，说一不二，每句话我们都必须严格执行。但每当需要他出面时，他必然也都会第一时刻挺身而出，为我们争取最大的庇护。

记得2006年时，我和李宗伟有过一次对决。我先下一城，在第二局落后的情况下，出现了一个明显的误判。正当我不知道该如何处置时，李导一下子从旁边的座椅上站了起来，和裁判争论说这个球有争议，需要重新判定。尽管最后裁判还是维持了原判，但是李导为我据理力争的画面却对我的触动非常大，那一刻，我知道我不是一个人在战斗，心里一下子踏实了许多。

李导看似东北人大大咧咧的性格，其实蕴藏着大智慧。没人比他更了解自己弟子的心态，他知道什么时候该做什么。

多哈亚运会男团决赛，我们与韩国队争夺冠军。尽管此前我们都是以完胜的姿态一路晋级，但这场决赛，全队上下谁都不敢掉以轻心，毕竟中国男团已经十六年与亚运冠军无缘。果然，比赛中寸土必争，前四盘双方平分秋色。我在决胜盘中登场，对战雅典奥运会亚军孙升模。站在场地上，我习惯性地往后一瞟，奇怪，怎么只有钟导？李导怎么没来？

瞬间我就缓过神来，一般李导不出现在台上的情况有两种：一种是被邀请去做解说，另一种便是觉得那场比赛毫无悬念，不需要他在场边指导。李导用他"不出现"的方式传递了"相信我"的暗号。结果，那场决赛我打疯了，干脆利落地直落两局拿了下来，助力中国队十六年之后重登亚洲巅峰。

随着我们的慢慢成长，李导给予我们更多关于人生方向的指导。他会用他自己的人生经验与我们沟通，建议我们应该怎样对待球迷，怎样用心打球，怎样对待身上的伤病。

2006 年的世界锦标赛，我和林丹会师决赛。难得清闲的李导坐到了央视的嘉宾席上，评论那场比赛。那个时候，在他和大家的心中，我和林丹处在同一水平线上，都是队伍重点培养的队员。但此后，随着林丹越打越好，而我坐稳了"千年老二"，教练组在人员配备上开始有所偏重，外界对我的关注度也没有那么大了，我的心理开始产生落差。

直到 2007 年的中国公开赛，林丹在首轮意外告负，我却一路过关斩将，最后在决赛中击败李宗伟夺冠。颁奖之后来到休息室，李导和我敞开心扉地聊了一场。李导说，他其实一直知道我现在的心理状态，作为总教练他也是看在眼里急在心上，但是他不能让个人感情左右工作的安排。如果我能够多赢一点，他就可以为我争取更多的机会。因为比赛是无比残酷的，谁能赢得多，谁能保持最好的状态，谁就会得到更多的关注。在李导的耐心开导和鼓励下，我心里原本的小嘀咕和介意才一点点打消，开始全心投入到比赛和训练中。

每年过年，羽毛球队都有自编自导自演春节晚会的传统。在李导的大力推广下，队内的春晚水平越来越高，甚至成了国家羽毛球队的一块招牌，不断有娱乐明星前来捧场，有一年还引来了中央台的直播。大家平时只是训练和比赛，难得有机会放松娱乐并展现自己另一面的魅力。为了不浪费自己的一副好嗓子，我经常上演的节目便是唱歌，我唱过萧敬腾的《海芋恋》，还唱过任贤齐的《春天花会开》。林丹则总是仗着自己结实的腹肌大秀舞技。春晚节目花样年年翻新，但一定不会缺少的便是李导的歌声。这个时候，大家会看到一个和平时训练中完全不一样的李导。

李导最清楚我输球在很大程度上是因为不够强硬的个性，为了锻炼我的胆量，有一年李导坚持选我来做晚会的主持人。尽管已经完全不记得自己主持得怎么样，但是那种突破自我的感受却深深地烙印在我的心里。巧合的是，我在退役一年后真的当起了一档探险娱乐节目的主持人，幸亏那时积累了一点当众主持的经验。类似这样明着严厉却又暗地细腻的事情在李导身上还有很多。他像一个父亲，表面上拉不下面子跟孩子近乎，所以装出一副令人敬畏的铁面，然而心底里奔涌的却是万千倍加呵护的柔情。

　　李导还常常告诫我们，一定要善待自己的球迷。记得 2011 年在成都打亚锦赛，比赛本身并无特别之处，印象最深的是一场比赛后，坐在看台上的李导把我叫到了身边对我说："鲍春来，我看到场边有好多你的球迷，你可要好好对待他们，多去爱护他们、关心他们，球迷们太不容易了。"我当时听后有点小小的吃惊：一个国家队的总教练居然专门提醒队员要把球迷记挂在心，这在中国体育圈不能说没有，但绝对少见。

　　李导在生活中的兴趣爱好非常广泛，他似乎永远有用不完的激情。除了抓好训练和比赛之外，他还有着宽阔的视野，不遗余力地介入到推广羽毛球项目的各种活动中。不可否认，李导本身直爽洒脱的性格使他天生就具备了被大众喜爱的优秀品质，他本人也几乎成了羽毛球运动的最佳代言人。说到这些，我不得不再次表达一下我对李导气魄和口才的叹服。记得我们国家羽毛球队曾被邀请参加联邦快递的一个活动，当时李导在活动上做了一段发言，阐述自己对于运动队管理的看法。整个发言时间有 40 分钟之长，李导不但全程脱稿，而且讲得台下嘉宾频频点头称是，讲得我也一下子成了"演说家李永波"的粉丝。我想，羽毛球从原来一个小众的体育项目变得如今如此被大众关注和喜爱，李导功不可没。

　　除了训练和比赛，我和李导在生活中还发生过许多趣事。我到现在都不怎么喜欢吃螃蟹，最初的缘起就是因为他。记得那是我刚刚进到国家队时，有一次去食堂打饭，生平第一次看到了一大排煮熟的大闸蟹摆在菜品中。作为土生土长的湖南人，我一直听说螃蟹美味却从没吃过，正好食堂也不限量，我便赶紧拿了十几只螃蟹躲到一边去吃。坐在餐桌上，面对面前一个个张牙舞爪的家伙我却犯了难，这东西该怎么下嘴呢？碍于男人的面子我也不好意思去问，便偷偷斜眼瞧别人。看了两眼，大概明白了怎么个吃法，便迫不及待地动手大快朵颐。但事实是，我偷看别人的那两眼只看到了掀开蟹壳吃蟹膏，却没顾上去看人家后面还一根根吃了蟹腿。于是我就把每一只螃蟹都大卸其壳，大舔其膏，而那些蟹腿却被我统统扔了。我一边吃还一边感叹，这螃蟹果然美味，名不虚传。我当时吃完后玩心不减，还把每一只吃完的螃蟹壳又盖回去摆在了桌子上，给螃蟹摆出一副生龙活虎的样子。正当我吃饱喝足准备走出餐厅时，忽然背后传来一声断喝："这谁？这谁吃的螃蟹！"我一回头，正看到李导一脸怒容地站在我的"螃蟹阵"旁。我那时刚入队，怕极了李导，赶紧缩头缩脑走过去认错。李导看到我走过来，怒气不减："你会不会吃螃蟹？啊？你这是存心浪费是不是？"那时我肯定是害怕极了，说不出话来。接着，李导一边训斥一边告诉我螃蟹应该怎么吃。我当时听傻了，没想到那一堆被我扔掉的蟹腿蟹钳里还藏着肉。自然，听完李导的教导，我又在他的监督下笨手笨脚地继续吃完了那些螃蟹。

后来我才知道，李导是大连人，从小就是吃鱼、虾、螃蟹长大的，当然不能接受我以那样的方式浪费螃蟹那样的美味。从那一次开始，我对于吃螃蟹这事就还留着一块小小的心理阴影。

退役后，我开始为新的生活忙碌，便跟李导很少见面了，但逢年过节我还是会给他发短信、打电话问候，他也总是邀请我有时间回队里看看。偶尔，李导会在电话里回忆起我们那一批队员曾经的辉煌，言语中透露着伤感和唏嘘。

2011 年李永波羽毛球学校开学时，我受李导邀请前去参加典礼。典礼上，我再次见到了已经许久未见，却依旧春风满面的李导，李导看到我也是更加亲热。晚上吃饭时，我向李导敬酒，祝他身体健康，祝学校日后一切顺利。李导满心欢喜，拉着我的手说感谢我那天能去给他助阵。他知道我已经开始转战娱乐圈，便"命令"我以后我主演的片子上映了千万要告诉他，他一定会把整个羽毛球队都拉过去给我捧场。说这些话时，李导还是像以前一样直爽洒脱，或许加上酒精的作用，更多了几分豪气干云，听得我也是十分感动。

总之，不论是在比赛训练上，还是在生活中，我都从李导身上学到了许多让我强大的东西，令我受益终生。李导之于我来说不仅仅是教练，更是如兄如父，一路伴我成长。

26
我的兄弟林丹

1998 年，我从湖南来到福建，参加中国青年队集训。第一天训练我早到了一些，无所事事，便站在场边看着场上一对球员打对抗。其中一方那个皮肤黝黑、表情酷酷的人引起了我的注意，我便跟身边的队友打听起了他的名字。

"这是谁啊？爆发力挺强，突击挺凶的。"

"八一队的，叫林丹。"

印象中，那是我第一次见到林丹。那一年，我们都刚满十五岁。

2000 年，我结束了中青队的集训，来到北京参加国家羽毛球队的试训。最终，那一批试训的人中只剩下两个：一个是我，一个就是林丹。那一年，我们都未满十八岁。

刚进国家队，就我和林丹两人年龄相仿，自然而然走得很近。那时候，我们的身边林立着孙俊、吉新鹏、罗毅刚这样的世界级名将。即便是稍大一些的陈郁、陈宏也已经在国内外赛场上小有名气。刚开始的时候，每一堂训练课、每一次队内对抗，我们俩都必须使出浑身解数才能避免被打到落花流水的下场。我们这两只小菜鸟只能抱团取暖，互相鼓励，互相慰藉。

从小，我除了打球，跟外面的世界接触并不多，基本上没有什么别的爱好，算得上是一个生活比较枯燥乏味的人。林丹则不同，跟我相比，他简直堪称"潮男"。跟林丹走得近了，我通过他认识了很多新东西，可以说是林丹打开了我羽毛球之外的新世界。比如穿衣服，我时常看了林丹的打扮后才会拍着脑门恍然大悟，"哦，原来衣服应该这么穿才显得时髦。"再比如听歌，那段时间流行谁的歌、谁唱得好，我也往往需要借由林丹才知道。那时候，林丹走到哪儿都会带着一个 CD 机，他经常会把一个耳塞塞进我的耳朵里。听到动情处，我们两个就会不约而同地来上一段合唱。

曾经有很长一段时间，每次出去打比赛我都会跟林丹住同一个房间。记得那时候我们之间总有说不完的话题。我们聊童年，聊爱情，聊未来的人生，反而聊羽毛球的时候并不多。年轻人精力旺盛，我们时常在夜里关灯后聊到很晚。

记得有一年珠海冬训，我又跟林丹住同一房间。那时正值台湾偶像剧《流星花园》风靡大陆，我们俩便从外面的碟铺租了一台影碟机和一套光盘，晚上熄灯后躲在屋里偷看。但是教练为方便查房，规定房间门不能关。我便跟林丹一人拿着影碟机遥控器，一人拿着电视机遥控器，胆战心惊地看着"杉菜大战F4"。我们俩就像两个相依为命的双打队员，稍有响动，便同时关机。还好我们配合默契，从未被逮住。

住在一起也会有不说话的时候。比如有时训练或者比赛累了，只要看到一个人不想说话，另一个人也会心照不宣地选择沉默。各自收拾洗刷忙自己的事，彼此从不会因为不说话而尴尬。现在回忆起来，那些无关比赛的时光真的是最美好的。

可惜，我和林丹不是搭档游戏玩耍的同伴，我们从事的职业是最残酷的竞技体育。除了默契地一起听歌、逛街、聊天，我们还必须在赛场上争个高低输赢。不管愿不愿意，比赛终究要分出胜负。而当两个同样拥有潜力、同样受人关注的年轻人的目标交相重叠时，我们之间的命运和关系就早已被注定了。

2001年，我和林丹同时获得了征战国际比赛的机会。也是在那一年，我和林丹的竞争开始了。

那一年的访欧之旅丹麦站比赛，我在决赛中战胜林丹，获得了个人职业生涯的第一个成年比赛冠军。丹麦站赛后，再训练或者比赛的时候，我就开始隐隐约约觉得场上场下的林丹跟以前不太一样了。记得有教练曾经半开玩笑地告诉我："林丹又在看你的比赛录像了，你也得加把劲儿啊。"起初我并不在意。那时我的想法是，比赛录像有什么好看的，该训练训练，该休息休息，到赛场上发挥出最好的自己就行了。然而事实证明我的想法过于单纯了。后来再在比赛场上碰到林丹时，我能越来越明显地感受到他的内心对胜利有了更加强烈的欲望：我要赢，我必须赢。在我对林丹胜多负少的那段时期，我还记得钟导曾经跟我说过，"林丹做梦都想赢你"。后来的无数次比赛也表明，林丹确实赢了，不止赢了我，还赢了所有人。

通往王座的道路固然千百条，但冠军通常都拥有共同点。这便是林丹，一个为竞技体育而生，注定成为王者的人。性格决定命运，对于这句话我深以为然。跟我比较随性的个性一样，我打球的风格也是自如、飘逸。而且在理念上我始终认为，上了场大家都靠自己日常训练的水平来一较高低就好，只要发挥出自己的水平，一切都能水到渠成，从没想过必须要去赢下和谁的比赛。当然，对于结果，赢了值得庆贺，输了也只能怪自己技不如人，下次再来。林丹则不同，他对比赛有着更强烈的必胜信念，他更饥饿、更凶狠、更具备职业体育人的职业精神。曾经看过媒体这样描述我和林丹的区别，"白脸小鲍像书生，黑脸林丹是杀手。"乍听之下不禁一笑，但细细咀嚼，却也不无道理：是呀，每天都在相同的日光灯下训练，可两人的肤色怎么差距就这么大呢？哈哈！或许真的是相由心生吧，黑色代表着坚毅、霸气，对于目标的执着；而白色则给人以温暖、平易近人的感觉。

此外，我和林丹从小的成长之路也不尽相同。我从八岁打球开始，一直都是教练眼中的骄傲，队友心中的楷模，一路走来可谓顺风顺水。看过林丹自传的人应该会知道，林丹的羽毛球之路充满了坎坷波折。小时候，因为身体发育晚，林丹总是队里最瘦最小的那一个。如果说我从小赢球占了身高臂长的身体优势的话，林丹则更多的是靠着过人的意志死磕。甚至到了中国青年队后，林丹还遭遇过被开除这样的重大挫折。试想如果是我陷入如此逆境，都不知道会颓靡成什么样。然而林丹则一点点爬起来，不但重新站进国家队的队伍，更一次次站上世界羽坛的巅峰。我想，正是林丹所经历的这些坎坷逆境后来都成为其人生的财富，让他的个性愈挫愈勇，成为赛场上的不可战胜。这些，都是我所不具备的。

我现在可以坦然地分析我跟林丹的个性差别，然而在那些我不得不跟林丹一次次隔网而立的日子里，我却从来不曾如此淡定。那些年的"林丹劫"，几乎要成为我一辈子的魔咒。

2003 年香港公开赛决赛，又是我跟林丹对决。那场比赛谁都不敢松懈，双方比分咬得很紧，交替上升。直到最后一刻，林丹才凭借幸运球拿下了赛点，举起了奖杯。从那场比赛之后，我感到林丹和我之间的关系开始变得疏远。当时我还很奇怪：以前你输给我，我们之间还会和当初一样要好；为什么现在你赢了我，反而我们之间的关系变得冷淡了呢？

我不是个太多心、太喜欢琢磨这些事情的人。接下来的日子，还是一天天地过。2004 年瑞士公开赛，打进决赛的又是我和林丹。

当时的我一反常态，有一种强烈的欲望想赢下那场比赛。那几年的瑞士赛，冠军除了获得奖金外，还可以拿到一块黄金。赛前还有人提醒我们俩，"要往死里拼啊，谁赢了可就发了。"我报之以一笑，当时我的想法很明确：黄金不黄金无所谓，要赢林丹才是最重要的。

赛况还是异常激烈。心里那种前所未有的想赢的迫切，反倒让我失去了平素的冷静心态。每当比分落后的时候，我都有种特别委屈，甚至想哭的冲动。大概没有人知道，那天打到最后几分时，我的眼眶里已经忍不住有眼泪在打转，只是因为意识到比赛还未结束，又把眼泪生生地憋回去了。结果，我又以两三分的差距输给了林丹。走下场地时，我只觉得胸口发闷，整个人都不舒服。我不停地在心里怨念着：怎么我又输了呢？我哪点都不比他差，凭什么啊？

仿佛是一个孩子一夜间长大，再回到队里，我忽然明白了林丹为什么要疏远我。这种疏远，不是感情上的疏远，觉得我输给了他不如他了，就不跟我来往那么频繁了，而是一种战术上的疏远——他感觉到我对他有威胁，把我当作最强劲的对手，如果两个明明是对手的人走得太近的话，大家相互了解得太深了，一旦遇到比赛，反而下不去手。还不如平日里各自保持姿态，保持距离，然后到赛场上拿出自己最出色的水平，来一场真正的战斗过瘾。这样想了之后，我明白我们俩之间疏远是理所当然的。我虽有些无奈，但也强迫自己接受这种关系和状态。

其实到了职业生涯后期，对阵国外选手比赛前，我也开始琢磨每场比赛的对手，但对于国内选手就不行，总是提不起欲望。尤其对于林丹，我也曾痛下决心好好观看他的比赛录像，好好去琢磨他这个人。可是那样逼着自己做了几天，我发现做不下去了。那种做法让我很不舒服。而且我发现自己在心理上有一个致命的缺陷，那就是如果我在跟某人对战的开始阶段总是输给对方的话，我就不愿意再面对对方，带着这样的消极情绪去打，结果自然就会一直输下去。究其原因，大概还是我从小在顺境中待惯了，对于如何在逆境中奋起这样的事情实在无所适从。

这样一来，在和林丹的竞争中，我就落下了不小的身位。2004年的全国锦标赛、2005年的全运会，一直到2006年的世锦赛，我们连续在决赛中遭遇，而每一次的结果都是我站在亚军领奖台上仰望身边一步之遥却高我一等的林丹。

于是，林丹自然而然地变成了外界衡量我的一把刻度尺。有那么一阵子，不管是面对采访还是出去做活动，别人抛给我的问题中十有八九言必提及林丹："鲍春来，你觉得自己什么时候可以战胜林丹？""鲍春来，你能不能像林丹那样狠一些？""鲍春来，跟林丹生在同一时代，你有没有觉得自己很悲哀……"

任凭我再怎么试图不让比赛影响我的生活，最后发现都是徒劳的。首先，对于我所从事的竞技体育这份职业而言，某种程度上比赛就是我的生活。赢了比赛才会生活愉快，输了比赛还若无其事必然都是假装出来的。其次，当总是拿我和林丹比较的舆论纷至沓来时，那个二十多岁的鲍春来的内心还没有强大到去视而不见。别人抛给我的问题也变成一次次在内心深处我对自己的追问：既生鲍，何生林？难道我注定就是一个失败者？

北京奥运会前，心理建设团队曾对我进行催眠治疗。在心理医生的引导下，我一点点打开心里隐藏最深的秘密。他们问我打球最害怕谁？最难受的时候是什么时候？我的回答里总是绕不开林丹的名字。说到难过的地方，我开始控制不住地暗自流泪。

医生的话证实了我自己的猜测，他们发现林丹已经成了我心中最难解的一个心结。但是究竟怎么来解，还得交给时间和我自己慢慢去调节。

其实，在处理跟林丹的关系时，让我无所适从的还有另外更重要的一点。对于不善言辞和交际的我来讲，本来就朋友不多，所以异常害怕因为这样一次次在赛场上的兵戎相见会让我永远地失去林丹这个最好的朋友。比之赛场上的"千年老二"，赛场下的"孤独一生"是我更不愿意接受的命运。

我跟林丹的关系就是这样，从两小无猜时的亲密无间，慢慢变成你争我夺时的若即若离。到后来，我猜想，其实我们都不知道该如何面对对方，却又因为同在国家队而不得不每天都要见到对方，在这样的集体活动里，我们看对方的眼神也都多了一丝躲闪。队里的碰头没法避免，我们俩私下的活动便几乎没有了。不再一起听歌，不再一起逛街，不再一起追电视剧。有时迎面碰见，也只是互相打个招呼，各自报以一个略带尴尬的微笑，便也没了下文。

但是没有办法，生活还要继续，比赛依旧进行，造化还是弄人。老天爷是个偏执狂，总是不放过每一次让我和林丹在决赛中相遇的机会。为了战胜林丹，好多人都纷纷给我支招。说来说去，最后都会归结到我的性格。队友、教练、媒体都在说，"鲍春来，你在球场上缺乏杀气和霸气，这点很要命。你要打得更狠，拼得更狠一点，让对手看到你先会觉得害怕你，这才能让你在比赛中更进一步。"

听的次数多了，我就想：嗯，看来自己的确是有这方面的缺点。于是，我就像《灌篮高手》里的樱木花道一样，开始苦练"眼神"，盼望着能有一天可以"用眼神杀死林丹"。练的过程对我来说非常痛苦，我要对着镜子去调整自己的眼神，脑海中闪现出电影中那些恶人凶神恶煞的样子。看着镜子中的自己，眉头紧皱，脸部扭曲，一副怪模怪样，至于凶狠的眼神，却丝毫不见影踪。开始时我还安慰自己，慢慢来，一定行的。这应该就和练羽毛球的基础技术一样，时间长了，它自己就出来了。于是我在不断地对自己的劝说中，让这个磨人的过程持续了半年，最终还是放弃了。再不放弃，我担心自己眼神没练出来，人格就先分裂了。我想：算了，认命吧，我已经赢了那么多人了，就不跟林丹争了，做个老二也挺好。

退役之后，我开始为了新的生活忙碌，林丹则继续顶着"超级丹"和"大满贯"的光环征战赛场，我们俩的联系也越来越少。虽然身已不在赛场，但是我的心恐怕这辈子都不会退役。所以我时常还会坐在电视机前关注着中国羽毛球队，关注着林丹。我会为了林丹赢球而欢呼，也会因看到林丹受伤而心痛。正如林丹在他自传中描述跟我关系的那句话所写："当输赢、胜负不再是我们之间的主题，我们俩好像又回到了刚来北京时的那段日子。"当我守在电视机前观看 2012 年伦敦奥运会羽毛球男单决赛的那一刻，我又想起了那个曾经跟我说笑打闹无话不谈的林丹。我默默注视着林丹，当他赢下最后一分倒地庆祝时，我由衷地替他感到开心。

在林丹结婚的几个月前，我接到一个陌生的手机号码打来的电话。电话来自林丹的朋友，问我是否愿意在林丹的婚礼上做他的伴郎。我犹豫了一下，问他为什么林丹不自己来跟我说这件事，电话那边说林丹现在在国外比赛，而且他不确定我会不会答应，所以不敢问。那时我确实不知道该如何答复，只好说要考虑一下。挂掉电话，我躺在床上，心情有些复杂。我并不怪林丹没有亲自来邀请我去做他的伴郎，因为在这一通电话前，我们俩似乎已经好久都没有联系过对方，换作是我，同样不知道该如何开口。其实关于做伴郎这件事，我跟林丹早就开过玩笑，说我们俩谁要是先结婚，另一个一定要去做他的伴郎。那时还没有谢杏芳，那时我们还可以开对方的玩笑。没想到一晃这么多年过去，他还记着这个玩笑，最主要的是，在爱情和婚姻这事上，林丹还是赢了我。不过，他赢我这一次，我是发自内心地替他高兴。想到这儿，我从床上坐起来，拨通了刚才来电的号码。这么多年的兄弟，在人生最重要的时刻，我一定得站在身边，见证他的幸福。

现在的林丹，仍旧是中国国家羽毛球队不可缺少的一员。他说他要一直打到 2020 年，我愿意去相信。只要他还在场上一天，我依旧会支持他到最后。如林丹在自传中所说："我们俩无论彼此未来的方向在哪里，都在对方人生中最重要的十年里留下过无法磨灭的印记。"人生还在继续，我想，这个数字一定不会定格在十年。

我曾经有一次在球馆看过一对老哥们儿打球，不论输赢，没有套路，却打得欢笑不止。我忽然想到等我和林丹都老了，老到连拍子都拿不动的时候，我们再相约打一场球。那场球不计比分，那场球只有一个原则：开心就好。

27
无处安放的爱情

从小我就是一个听话的孩子，虽然偶尔憋不住小打小闹，但是在原则性问题上却从来不会违逆父母和教练意愿。恋爱，就是一个方面。那时无论是在家里还是在球队，都认为早恋绝对是影响学习和训练的大忌，因此都对之明令禁止。所以随着年龄的增长和身体的发育，当身边的小伙伴们已经开始嘀嘀咕咕打着某个女孩的主意时，我还在严守着父母和教练给的清规戒律，对恋爱这种毒品敬而远之。那时候，如果说我有恋爱对象的话，那就是羽毛球了。

我真正的恋爱开始于进入国家队之后。那是 2002 年，我十九岁。

2002 年我因为膝伤不断往来于北医三院和训练基地，检查并接受治疗。在一次医院检查时，我遇到了她。大概是之前汤杯的缘故，媒体对我有了一些报道，而她刚好是一个体育迷。那天医生在给我检查，她则来看望一旁病床上的朋友。医生检查完走了，我便低头自己查看膝盖的伤口。忽然，耳边传来一句轻柔的询问，"请问，你是鲍春来吗？"我抬头，看到站在病床旁的她，正温暖地微笑着。于是，我的初恋就在这样一次邂逅中开始了。

后来的聊天中我才知道，她是山东青岛人，比我大三岁，在一家航空公司做空姐。那天下午很快就过去了，她因为马上要飞往别的城市，匆匆离去。走之前，我们互留了电话，约定要常联系。

恋爱之前，我最搞不懂的事情之一便是有的队友可以晚上熄灯后躲在被窝里打一两个小时的电话。结果，如今这件事情也发生在了我的身上。因为没办法经常见面，我们恋爱的常态便是天天打电话。当时我清楚地记得，为了跟她打电话我专门又买了另一部手机，因为一部手机的电量完全不够用。夜夜煲电话粥而产生的电话费自然也是噌噌往上涨，一个月光电话费就要交五六百。那个年代的电话卡服务还是分等级的，因为她，我的电话卡很快就从普通卡升值为金卡。

因为我们的职业关系，我会经常去国外打比赛，她也会随航班飞到别的国家，所以昂贵的国际漫游费有时会阻碍我们的恋爱。开始时，当我们不在同一个国家，我会收敛许多，只是偶尔发发短信，以解相思之苦。到后来，实在按捺不住，干脆不管了，又开始打电话，因此付出的代价便是上千元的国际漫游费。

恋爱的事情我一直没有敢跟家里讲，所以有时在家里接到她打来的电话，我便赶紧以上厕所为由躲进洗手间。有时一去就是一两个小时，搞得父母还以为我得了便秘呢。

我本不是一个话多的人，但是那时却能在电话里跟她一聊就是两三个小时。聊天的具体内容现在早已不记得了，大概无非就是我每天怎么训练，她又飞到了什么地方，看到了什么好玩的事情之类。然而我清晰地记得的一点便是她的声音特别好听。或许是因为她天生声音优美，或许是因为做空姐会专门训练讲话语调的关系，总之那时我几乎对她的声音着了迷。她说的每一句话都似乎来自天边一般悠远，而每一个字都落在我的心里，让人温暖。加上她永远不疾不徐、轻描淡写的语气，更加使得她对情窦初开的我产生了谜一般的魅力。

然而，美好总是短暂的。因为每晚躲在被窝里的电话实在牵扯了太多的精力，必然影响到了正常的训练。有时候我会跟她讲电话到凌晨，而第二天还得早起，训练时的状态自然难以保证。她是善解人意的女孩，知道讲电话时间太长会对我有影响，便主动跟我商量要控制电话时长。有时身体真的吃不消，我们便不再打电话，或者只是问候几句就结束了通话。可是虽然不打电话，心里却不停在想念。被爱情冲昏头脑的少年们，大概都经历过如我一般的煎熬吧。

我的初恋，大概只维持了半年。那半年时间里，我们真正在一起互相陪伴的时候少之又少。印象中只有几次她飞经北京时我偷偷从基地跑出来跟她一起吃饭。似乎我们连普通情侣之间最寻常的逛街、看电影都很少有过。大多数时间里，我们都处于聚太少离太多的状态。这样半年之后，我觉得再这样下去不是办法，便提出了分手，依旧是通过电话。她本身比我年长，也十分清楚我们这样的恋情没有未来，虽然很伤心，但是也同意了结束。

就这样，我的初恋无疾而终。

后来跟有的朋友说起这段恋情，有的人曾经说过这样的话：与其说你是恋上了那个女孩，倒不如说你是恋上了外面的世界。我当时未置可否，现在想来觉得话虽不能那么说，却也不无道理。作为职业运动员，在本该放浪青春周游世界的大好年纪却成天被关在训练基地里重复着训练场、食堂、宿舍三点一线的生活，哪怕外出打比赛，能够自由支配的时间也实在少得可怜。我们过着与普通人生活隔离的别样日子，自然对外面的世界充满了好奇和向往。她的出现，也许真是成了我跟外面世界沟通的出口。

无论如何，我都感谢那个她带给了我甜蜜的初恋和外面世界的精彩，尽管这甜蜜之中掺杂了更多无奈的忧伤。

初恋结束之时，正是"非典"开始肆虐之际。我又开始全身心投入训练，又开始重复乏味单调但是匆忙充实的训练和比赛生活，直到2003年冬天的第一场雪。伴随着那一场初雪，另一个女孩走进了我的生活。她的名字里，刚好也有一个雪字。

那时我们国家羽毛球队住在北公寓，国家游泳队住在南公寓，隔得并不远。互相虽不认识，却时常会在班车上、健身房内或者食堂里打个照面。慢慢地，我开始注意到游泳队的一个女孩，长得清爽秀丽，谈不上是第一眼美女，却有着与众不同的气质，属于越看越耐看的类型。我不知道那个女孩的名字，只是偶尔相遇时总会情不自禁地多看她几眼。后来，随着2003年世界游泳锦标赛的结束，我才把那个"勇夺50米、100米蛙泳和4×100混合泳接力赛冠军的罗雪娟"的名字跟那个女孩对上号。

是的，那个女孩就是罗雪娟，大家也都亲昵地叫她"罗罗"。

虽然那时我已经恢复单身，但我本来就是一个内向腼腆的人，个性中先天就缺乏对于感情主动出击的因子，所以对于罗罗也仅仅是停留在有好感的阶段。

时间就这样来到2003年的冬天。那时候在羽毛球男队，大家时常在训练比赛之余搞出各种五花八门打发无聊时间和过剩精力的把戏，那一天便是。不记得当时是玩什么游戏，我输了，惩罚的方式便是要我往他们给的一个陌生手机号上发信息，做自我介绍并请求认识。愿赌服输，我只能依样照做。当时我大概是发了一条"我是羽毛球队的鲍春来，可不可以认识一下"之类内容的短信过去。原以为游戏就这样结束，可以开始下一轮了，却没想到不一会儿我收到了那个短信号码的回复：你好，我是游泳队罗雪娟，很高兴认识你。今天，我已经无法还原收到短信回复时的心情，只记得在场的队友们一个个坏笑的表情。我这才明白，原来他们早就看出了我对罗罗的关注，变着法儿地推了我这个"灰人"一把。

就这样，我算是跟罗罗开始了正式的认识。

有了短信的交流，接下去的见面也便顺理成章。我记得我们第一次见面是约在她们宿舍的楼下。初次见面，两人难免紧张，又害怕被熟人撞见，所以第一次的约会便是在保持距离的状态下一起围着训练基地溜达了好几圈。

那时的罗罗头顶"蛙后"的光环，同时还是世界纪录保持者，算是国家游泳队的风云人物。我还记得开始去她们宿舍时，楼下的保安还会严格盘问我一番。

保安：你是谁？

我：我是羽毛球队的。

保安：羽毛球队的来这儿干吗？

我：我找人。

保安：你找谁？

我：罗雪娟。

保安：你找罗雪娟干吗？

我：……

每次问到我无话可说，保安却还是不让我上去，我只好打电话让罗罗下来接我。后来去得勤了，保安也便认识了我，不但不再阻拦，还会主动笑着跟我打招呼。

保安：哎，又来找罗雪娟啊？

我：啊。

保安：好好玩啊。

我：……

我跟罗罗恋爱关系的确立，大概是在 2004 年年初的时候。我算是罗罗的初恋。那时我的状态时好时坏，随之我的心情也是阴晴不定。而当时罗罗在队内也没有太多朋友，我们便各自成了对方的慰藉。

跟罗罗之间的恋爱，不同于之前初恋时通过一个美好的声音来幻想爱情的美妙，她是一个真实的触手可及的陪伴。正如在比赛中呈现给人巾帼不让须眉的印象一样，罗罗是一个很要强的人。但随着我们俩的交往，我发现其实她也有柔弱的一面。她也会像别的女孩子一样跟人撒娇，对人嗔怒。对我而言，一个鲜活生动的女孩的陪伴和依靠也激发了我的照顾和保护欲，让我第一次切切实实找到了恋爱的感觉。

运动员之间的恋爱不同于平常人，因为我们平时的时间大部分被训练和比赛占据，再加上我们这样的恋爱关系虽说各自队内没有明令禁止，但也不高调提倡，所以我们所谓的恋爱状态也就只是坐班车时坐在一起，食堂打完饭一起吃饭，吃完饭一起散步聊天，睡前发短信互道晚安之类。一言以蔽之，可以用"平淡"二字来概括。像平常情侣手挽手肩并肩约会，逛街、看电影对我们来说都是很奢侈的事情。

但毕竟都是刚刚品尝恋爱滋味的年轻人，我也会想着利用有限的条件制造点惊喜和浪漫。2004 年情人节那天晚上，我提了一大包东西跑到罗罗宿舍。我让她先到房间外面等一会儿，她看我满脸神秘，问我要干吗，我说等下你就知道了。我在罗罗房间里折腾了快一个小时才把早已不耐烦的她请进来。当看到整个房间被玫瑰、蜡烛、荧光棒摆出的各种爱心图案布置一新时，她瞪大了眼睛，露出幸福的笑容。看到她笑了，我也感到了满满的成就感。我伸开双臂给了她一个大大的拥抱，祝她情人节快乐。

当然，现实生活中留给我们这样浪漫的机会并不多，顶多就是在对方生日时赠送一件精心挑选的礼物。我记得我送过她一只很大的熊公仔，她送过我一枚很精致的戒指。还有让我难以忘怀的一样事便是罗罗经常会给我煮东西吃。当第一次喝到罗罗专门煮给我的汤时，我的内心真是无比激动。因为那是我第一次喝到除了我母亲以外的第二个女性给我煮的汤。当然，也是拜情窦开得太晚所赐，当我想到这个世界上能有一个女孩可以专门为我煮汤喝时，我心里确实是兴奋而又幸福。

罗罗有先天性心脏病，每次犯病都会心痛难忍。有几次，她痛得实在无法忍受，便给我打电话。我都会在第一时间冲到她的身边陪着她。记得第一次她因为心痛给我打电话时是一个晚上，我不明所以，只是赶紧跑过去。待推开她的宿舍门，我在一片黑灯瞎火中隐隐约约看到罗罗在床上缩成一团，嘴里还在难受地呻吟着。我问她要不要去找大夫过来，她艰难地说不用，过会儿自己就会好了。

那一刻，我忽然觉得眼前这个女孩好可怜。对于我来说，所能做的只是紧紧抱着她，轻声安慰，陪着她一起等待病痛过去。那也算是我们两个之间最亲密的时刻。

轰轰烈烈的大事件不常有，我们俩的情愫只是在平凡的互相陪伴中渐生。

因为我们都是职业运动员的关系，我们之间的话题也更多是关于训练的问题和训练的心得。但幸运的是我们能够无障碍地明白对方内心的感受并能感同身受地给出意见。所以，在跟罗罗恋爱的那段时间，是我难得的心绪安宁的时间，因此在训练和比赛中都打出了较好的成绩。

2004年5月的汤姆斯杯，我正是在罗罗的鼓励下一路过关斩将，打赢了对战陶菲克这样的硬仗，来到了迎战丹麦的决赛。两年之前亲手断送汤杯的阴影在决赛前夜再次让我无法入眠。我给罗罗发短信说明天就要决赛了，我很紧张，担心历史再一次重演。罗罗很快回复了我。她告诉我说，决赛也只是一场比赛而已，大可不必紧张有压力，我现在是攻城的人，守城的人才会有包袱，转换一下思维，以攻城的心态去面对对手就好了。看着她的短信，我知道在遥远的北京还有另一个人在默默支持我，与我共同分担比赛的压力，心里一下子轻松了许多。

第二天面对隔网而立的乔纳森，每次落后或者打到关键球，我都在心里默念着罗罗发给我的短信。最终，这场比赛成为我职业生涯中最值得纪念的胜利之一，也成就了我的第一个世界冠军。这一次胜利后的喜悦对于我个人的意义也是不一样的，因为这一次，终于有人可以与我共同分享。

汤杯之后，雅典奥运会已经进入了最后的备战时刻。作为世界纪录保持者，罗罗自然被寄予厚望去冲击奥运金牌。我们两个约定，在雅典的奥运村见面时，每人手里都要拿着一块金牌。带着这样的约定，各自刻苦训练，见面的时间也少了许多。然而因为内心有了一份温暖的期许，再紧张的练习也不觉得累了。

去到雅典之后，虽然我们都住在奥运村，但是因为相隔较远，加上队内严格禁止外出的规定，所以比赛前我们无法见面，只能通过手机短信互相鼓励。然而老天总是喜欢开玩笑。众所周知，那一年作为世界排名第一的林丹第一轮即遭出局，作为第二保险的我也仅仅打入 16 强。我从比赛场下来打开手机时，已经收到了罗罗发来的安慰短信。因为她的决赛也将在第二天进行，为了不影响她比赛，我佯装乐观，给她回了短信让她不要担心我，相信她一定能带着金牌来跟我见面。

第二天晚上，结束了各自比赛的我跟罗罗在雅典的奥运村里第一次见面，她拿着那块分量极重的金牌给我看。现在想来，罗雪娟那时一定是害怕因为自己的夺冠而伤害到我的自尊，话语间充满了试探和小心翼翼。然而我那时的开心也不是装出来的，而是真心为她高兴。最后，罗罗还把金牌挂在我的脖子上，并告诉我，这一块金牌的一半是属于我的。她说，如果没有我的陪伴和鼓励，便没有这一块金牌。我知道她是在用这种方式安慰我，但是，我确实在那一刻感到了幸福。

从 2003 年年底到 2004 年 7 月雅典奥运会前，我跟罗罗的恋爱关系经历了从最开始的半地下状态到双方队内都知道的半地上状态。国家羽毛球队对于队员恋爱的事情相对比较宽松，不提倡，但也不禁止，只是教练会一再提醒我，千万不能因为恋爱影响训练和比赛。我自己一方面以教练的话语严格要求自己，另一方面也小心地呵护着这份来之不易的感情，并不想受到太多人的关注和干扰。

然而雅典奥运会后，因为罗罗奥运冠军的身份，她的情感生活也受到了外界更多的关注。慢慢地，我们的恋情遭到了媒体的曝光，他们称之为"鲍罗恋"。我自认并不是一个习惯于媒体聚焦的人，一旦因为恋爱的事情被卷入舆论评议的旋涡，便开始变得紧张起来。相对于罗罗在媒体面前的坦然承认，我却因为个人的不成熟一次次选择了回避。相比罗罗的敢爱敢恨，我变得患得患失。与此同时，我也承受了来自队内的压力。教练们似乎隐约地觉察到我的恋爱已经开始影响到了我的成绩。尽管起伏不定的成绩其实跟罗罗没有多大关系，但是对于当时心理承受能力并不强大的我来说，无形中放大了恋爱对于个人事业的影响。于是我开始惶恐和不知所措，开始在恋爱中不再那么主动，电话少了，短信少了，两人见面的时间也少了。

罗罗是聪明的女孩，很快就觉察到我对她的刻意疏远，便一直想对此问个究竟，可是我也给不出一个正当的理由。于是她越想知道我便越加回避，两人的矛盾嫌隙也越来越大。

终于，2004年年底的一天，也是在"鲍罗恋"差不多一周年的时候，我像个浑球一样跑进罗罗宿舍，把代表我们爱情关系的戒指从手上摘下来扔到了她的桌上，跟她正式提出了分手。我以一个莽夫的方式斩断了自己无力打理的情丝，也留给了罗罗一个不明不白的结局。

那个时候，幼稚的我并不明白无法给出一个正当的分手理由对于一个女孩子的伤害有多大。这也是我在看电影《匆匆那年》时最大的感受。再后来，我把分手之后罗罗试图通过各种途径追问分手理由的行为当成了无理的纠缠，我因此变得更加烦躁不堪，想尽一切办法逃避这段感情。我让自己全身心投入训练，投入比赛，让自己在高强度的训练中变得麻木，直到对方终于心灰意冷，直到伤透了一个女孩的心。

这一段感情，是我在写作这本自传时最犹豫不决的部分。因为这是我个人情感经历中最大的一块不愿示人的伤疤。然而再三思量之下，我最终还是决定如实地把它写出来。于我而言，即使它再不光彩，毕竟也是真实发生过的存在。我想在此坦诚地反思自己当初的儒弱和不负责任，一来想认清过去自己的幼稚，二来更重要的是想给曾经的她一份迟来的歉意，这也是我出版此书的重要愿望之一。

如果她能自此释怀，我便谢天谢地。

罗罗之后，我又经历了几次恋爱，基本上都是浅尝辄止，刚开头却又煞了尾。

好多人总喜欢拿我和林丹做比较，更多的是比较我们在羽毛球赛场上的成绩。但是对于我个人来说，与林丹拿到的那些冠军头衔相比，我更羡慕他有一份长久的爱情。在国家羽毛球队，像林丹和谢杏芳那样青梅竹马、情投意合且终成眷属的人实在少之又少。

国家队跟我同一批的队友们，还有家乡同龄的小伙伴们基本上都已结婚，有的甚至早已为人父了，剩我一个人孤单飘零、形单影只。好多粉丝眼看我大有孤独终老的架势，也有些看不下去了，不断呼唤我的另一半的出现。其实儿女婚姻大事，父母是最着急的人。我现在只要回家一次，父母就会拉住我唠叨半天，劝我赶紧找个人娶了的话语。

其实对于生命中的那个她，我又何尝不想早一点找到？但是爱情二字，谈何容易？退役以来，虽说生活一下子丰富多彩了许多，但是幸福快乐没人分享，有时候确实觉得心里空落落的。然而谈及爱情，之前的经历不断告诫我，我需要自己不断地成熟强大，才不至于在对的时间遇到那个对的人的时候慌乱失措，再次遗憾错过。缘分的事情已被张爱玲三言两语说透：于千万人之中，遇见你要遇见的人。于千万年之中，时间无涯的荒野里，没有早一步，也没有迟一步，遇上了也只能轻轻地说一句："哦，你也在这里吗？"

我一直都相信有那么一个人就在那里等着我，等着我那一句轻轻的问候，等着安放我无处安放的爱情。

28

一路上的对手，一辈子的朋友

（一）

2014 年年初的一天，我接到一个莫名的电话，是丹麦大使馆工作人员打来的，问我能否去丹麦大使馆参加丹麦和中国的文化交流活动。我正纳闷时，对方补充说他是皮特·盖德的中国助理，是盖德邀请我去的。我这才明白是怎么回事，于是欣然答应。活动那天，我在丹麦大使馆见到了身着一身帅气西装出来迎接的皮特·盖德。盖特与我已是久违，我们上次见面还是在三年前的赛场上。记者们纷纷要求我们合影。当时我并不知道那是一次正式的见面活动，所以穿着一身随性的棉衣就去了。我心下知道，自己又一次在镜头前出糗了。然而，因为穿了棉衣比不上盖德的帅还不算最糗的。因为随后我就在这样一身棉衣的包裹下被盖德引荐给了前来参加活动的丹麦王子和王妃。我受宠若惊，尽力地用英文表达自己激动的心情和对于中丹两国美好未来的祝愿，但是因为表达实在不流利，把王子和王妃整得有些迷糊，接连露出惊讶的表情。我实在觉得有失礼仪。

活动间隙，我跟盖德互相问候了各自近况，知道了他现在是丹麦的羽毛球形象大使。我们对话不多，但依旧找到了老朋友的感觉。见面会后，为博众乐，王子王妃还邀请盖德和我一起在大使馆的空地上打了一会儿双打比赛。看着盖德熟悉的身姿，也让我回忆起好多过往。

退役之前，作为比赛的对手，我跟皮特·盖德交手的经历不算多，结果互有胜负。但是在我的心里，他一直都是一个令人高山仰止的人物，我心里对他充满尊敬。

皮特·盖德绝对算得上是羽毛球的天才，加上他金发蓝眼的帅气外形，从一出道便被誉为"丹麦金童"。他1994年获得世界青年锦标赛双打冠军的时候，我还在长沙的业余体校学习羽毛球的基础。待到省队和国家队后，我们便经常会看他的比赛录像，所以说我是看着盖德的比赛长大的也不为过。那时，他是羽毛球先进打法的代表，他的比赛极具观赏性。

盖德是北欧人，身强体壮，天生便具有能给对手造成压迫感的力量和速度。而且据说盖德小时候曾在东南亚学习羽毛球，因此他的技术中又兼具了亚洲人的灵活和细腻，所以他的确是一个中西合璧的世界顶尖高手。盖德最广为中国球迷熟知的就是他手上多变又逼真的假动作，网上甚至还有专门对于他假动作的教学和讲解。我也曾经多次在比赛中吃了他假动作的亏，确实很有杀伤力。

如果没有记错的话，我第一次跟盖德对战应该是在 2002 年的全英公开赛上。那一次，因为要跟平时只在录像中看过的"偶像"比赛，我的心情也是颇为激动。比赛开始后，盖德的脚下移动速度和手上的动作频率都远比录像中所呈现出来的样子快很多。再加上大赛经验不足，那次比赛我输得很惨。

后来又交手几次，我都没有从盖德身上占到便宜，便开始研究寻找制胜的办法。我发现每次跟他打，前几拍我都会非常被动，特别难受，总是得不了几分。这种情形下如果我着急跟他打对攻也是正中他下怀。于是我便在再次遇到盖德时先做好防守，然后试着耐心去跟他周旋，用自己的技巧去限制他，这样我才取得了一些对他的胜绩。

如同乒乓球界的瓦尔德内尔一样，皮特·盖德也是羽毛球界的常青树。他一直是作为丹麦乃至整个欧洲的羽毛球最高水准，对抗了中国羽坛从孙俊、董炯到吉新鹏、夏煊泽、再到林丹和我，最后到谌龙整整四代人。他最后一次离开奥运会赛场是在 2012 年伦敦奥运会八进四的比赛后，战胜他的正是小他十二岁的谌龙。虽然在他近二十年的职业生涯中未获得过任何一个奥运会、世锦赛和汤姆斯杯的冠军，但他所成就的另外一些羽坛神话足以让每一个跟他同时代以及后来者尊敬：曾经连续 62 周世界排名第一，也曾经创造 9 次出战汤姆斯杯的纪录，还同陶菲克一样四度参加奥运会，在三十六岁的"高龄"时依旧排在世界第五。我不敢说，在人才济济的国家队，谁能在三十六岁时还可以如盖德一般神勇。

金童皮特·盖德曾经有过一段广为人知的恋情，便是与丹麦羽毛球玉女卡米拉·马汀的结合。无奈造化弄人，两人最终还是分道扬镳。如今的盖德已经有了新的家庭，也已经是两个女儿的父亲。

现在，盖德一直致力于羽毛球的青少年教学，同时还是丹麦羽毛球形象大使，不遗余力地向世界推广羽毛球运动和丹麦文化。

2014 年年底我跟皮特·盖德在我的家乡长沙，因为录制湖南卫视的《天天向上》再次相遇。这一次，我给他带去了中国特色的京剧脸谱和京剧泥人作为礼物。他也热情地欢迎我以后可以去他丹麦的家里做客。

虽然都已经离开了羽毛球的赛场，但是我们的别样人生才刚刚开始，我跟皮特·盖德的故事必将继续。

（二）

当我刚搬进国家队二队的地下室宿舍时，属于我的床位已经被刚刚搬走的老队员腾空了，唯独只在床头位置的墙上留下了一张比赛趋势图。我好奇地看着那张图，心里还纳闷：谁会有这么大的魅力，能让一个中国国家队球手来研究他的比赛胜负趋势？图上写着的是一个那时的我并不知道，但是读起来朗朗上口的名字：陶菲克。也是从那时起，我记住了这个名字。

我登上国际赛场的时候，二十岁的陶菲克已经是赫赫有名的大人物了。

陶菲克堪称印尼羽坛乃至世界羽坛的天才少年。他十七岁出道之时，便如一道闪电划过天际。他曾经失意悉尼，也曾经圆梦雅典，最终在阿纳海姆成就个人大满贯，成为世界羽坛第一人。

陶菲克这个名字，对整个印尼人民来说都包含着崇高的感情。陶菲克在印尼的地位，也可以说是国宝级的。纵横江湖十数年，陶菲克曾经一次次成为中国选手前进路上的终结者。在某种意义上，陶菲克也成了一个坐标，衡量着国羽男单的起起伏伏。

经常有人问我，"鲍春来，你和陶菲克的技术谁更好一些？"关于这个问题，我真的无从回答。但是我职业生涯中每一次跟陶菲克的较量，无论输赢，都会让我感到畅快淋漓。恰如棋逢对手的两人过招，陶菲克总是可以激发出我全部的潜能来。

职业生涯中我跟陶菲克的第一次交手是在 2002 年的日本公开赛上。那时我是晚辈新秀，他却风头正劲，加上陶菲克与生俱来的自信，甚至有一点点傲慢，他并不把我放在眼里。然而比赛开始后我连续三次假装不经意地偷发后场得手却惹得这位印尼天王有些恼火。我还记得陶菲克眼神中闪过的一丝怨怒，换作北欧那些急脾气的主儿肯定早就怒形于色了，还好，一闪念的愤怒过后，陶菲克还是保持了优雅，开始收起他的傲慢，专心与我对战。可能是我当时

初生牛犊不怕虎的冲劲儿使然，也可能是陶菲克不熟悉我的打法慌
了手脚，总之我在与陶菲克的初次交手中以 3 比 1 获胜。这个结果
让我很是开心，也让教练们感到惊奇。

因为我的这一次出手不凡的胜利，在 2003 年苏迪曼杯对战陶
菲克时，教练再次派我出场。然而这次我却没有那么幸运。陶菲克
因为输我一次，自然开始重视比赛，加之我大赛经验不足，不懂掌
握节奏，结果在大比分领先的情况下输掉了比赛。不过于我而言，
败在一个让我喜欢的高手拍下，我在情感上没有那么多遗憾和难
过，是可以接受的。

现在想起来，我的成名也多少算是站在陶菲克的肩膀上实现的。
2003 年的伯明翰，我第一次入选中国队世锦赛阵容。杀入 16 强后，
迎面挡住去路的正是陶菲克。那场比赛，我以 15 比 9 先声夺人，
又以 15 比 4 锁定胜局。干脆利落的直落两局，换来了赛后陶菲克
的一句无奈感叹："在中国所有球员中，我最不想交手的就是鲍春
来。"事实也证明，在日后的多次交手中，我都没有让陶菲克占到
太大便宜。回看我与陶菲克的对战历史，或许是打法风格上相克的
缘故，即便是在这位印尼天王的巅峰时期，我也并不怵他。

曾经有一段时期，我、林丹和陶菲克三人形成了一种相生相克
的有趣局面，即林丹时常会在一些重要比赛中败给陶菲克，而陶菲
克却总是打不赢我，我则一次又一次输给林丹。这样有趣的三角关

系在其他体育项目中也时常可见。有时就是这样，在大家的技战术水平只在伯仲之间的情形下，影响输赢的更多是打法风格，甚至个人的临场状态和气场。

我们俩比较有意思的交手发生在 2005 年。当时印尼和中国两站公开赛背靠背举行。在雅加达对垒的时候，他是印尼的全民偶像，场馆里震天动地全是"陶菲、陶菲"的加油声；回到我的主场，几乎所有的鼓励声又都倒向我这一边。我们各自感受着球迷冰火两重天的待遇，奇妙至极。

不知是巧合还是命运冥冥的安排，我所收获的最后一个超级赛桂冠，决赛里战胜的还是陶菲克。那是 2009 年的日本公开赛，也被认为是我职业生涯中的经典战役之一。那场比赛，陶菲克一改以往潇洒随性的作风，打得非常顽强。在球的掌控上，虽然比之巅峰时期有几分欠缺，但每一个球都处理得兢兢业业。比赛打得很激烈，但自始至终我都相信自己能够赢下来。最终，比分被定格在 21 比 15 和 21 比 12。赛后，日本媒体形容这场比赛是"英雄惜英雄"。

说实话，在国际羽坛我很难会去欣赏一个人，尤其是国外选手，但是陶菲克却是个例外。他优雅洒脱、赏心悦目的球风和打法一度让我着迷。为此，有段时间我还特别想去模仿他。只是后来发现完全不适合我，只好放弃。后来我才发现试图模仿陶菲克的人并非只有我一个，我在职业生涯后期看到日本年轻球员田儿贤一打球时，一眼就看出他的打法几乎跟陶菲克如出一辙，只是在随性和洒脱上还做不到陶天王本人的浑然天成。

曾经有媒体这样描述陶菲克："印尼十年出一个羽毛球天才，但一百年才出一个帅哥级的羽毛球天才。"正如球场上球路的诡异莫测，这位印尼天王也时常会说出一些惊人之语，做出一些令人猜测不透的举动。比如他在 2009 年 1 月正式宣布退出印尼国家队，但保留了以印尼选手的身份自费参加国际赛事的资格。至于原因，或许可以从他的只言片语中窥得一二，他说："我只是因为喜欢羽毛球，所以才没有离开它。至于期待，现在剩下的的确已经不多。"他还曾说过，"我希望球迷能把更多的目光，投注在年轻的选手身上。因为他们才是印尼羽毛球的未来，而我只不过是即将变成历史的一部分。对于我用不着如此关切。"

2011 年苏迪曼杯混合团体赛在青岛举行，陶菲克突然宣布退出印尼队，那已经是他连续第二次缺席在中国举办的苏杯，陶菲克给出的理由也很简单，"自己状态不佳，把机会让给更多的年轻人吧。"

在我个人看来，陶菲克是真正在用生命打球的人，在他身上，羽毛球作为一种体育运动变得更加生动鲜活，在他身上，羽毛球作为一项竞技比赛显得更富观赏性。

国内媒体曾经为了话题性而不断炒作"陶林"之间的恩怨，以陶菲克直爽的性格自然对此一再表示厌恶。其实他和林丹之间，也一直是惺惺相惜的好友。林丹结婚的时候，还意外收到了陶菲克的祝福。陶菲克就是这样的人，平常看似高高在上，对于外界无动于衷，其实心里都明白。在别人想不到的时候，他会给你发自内心的感动。

伴随着陶菲克的退役，印尼羽球的一个鼎盛时代也已落幕。现在的陶菲克已经回归家庭，全身心当起一个好丈夫和一个好爸爸。他配得上如此完满的人生。

我很想跟陶菲克有更多的接触，但是由于语言不通，我们私下的交流也并不多。比赛期间见面时，彼此只是用简单的英文打个招呼。后来他曾来中国打球，加盟广州恒大俱乐部，我们才在国内联赛碰上时有机会得以私下聊天。当然，碍于我蹩脚的英文，我们也没有聊太多。

之所以要在自传中单开一篇文字来写陶菲克，并不只是因为他是我职业生涯中的重要对手和朋友，还因为每每想到陶菲克，我总会对照地想到自己。描述陶菲克，我不止一次提到的一个词便是"洒脱"，打球的洒脱，做人的洒脱。我想这大概是我这一辈子都没法做到的两个字，也是我之所以喜爱陶菲克的根本原因。

真想下回再见陶菲克时跟他说一句：陶菲，借我点洒脱，解我点纠结，可好？

（三）

放眼当今羽坛，一定无法绕开的两个人，除了林丹之外，便是李宗伟。

我跟李宗伟相识于 2000 年的世界青年锦标赛。初次见面时以为他是外国选手，我便只是微笑着打了一个招呼，却没想到他接着用流利的中文跟我聊起来。到后来才搞明白他其实是马来西亚华裔，祖籍福建，算起来跟林丹还是一个"远房的老乡"。据我所知，李宗伟不但会讲中文、马来语、英文，还会说广东话、客家话，不知道这该归因于他身份的复杂，还是他高于常人的语言天分。有时听到他跟身边朋友聊天，一句话中夹杂了马来语、中文、英文好几种语言，简直像是体内安置了一个多音轨的发声装置，可以随意切换。

后来一次次跟李宗伟在国际赛场上相逢，因为年龄相近，性格相投，我俩私下成了特别好的朋友，直到现在都还时常联系。

李宗伟是一个相当有智慧的人。在马来西亚，作为华裔，要想得到当地人的认可，是非常困难的一件事情，可是李宗伟做到了。2012 年奥运会输给林丹后，马来西亚有好多人站出来为他遗憾，甚至一些他的球迷出来指责林丹，你大概可以明白他的人气到底有多旺。据说李宗伟在马来西亚经营着好几家跟羽毛球没有太大关系的公司，而且生意都很好。仅从这两点，你就得承认，李宗伟"大马一哥"的称号绝非浪得虚名。

聪明的李宗伟在球场上，对自己的认知也很透彻。他很清楚自己的技术特点在哪里、短板在哪里，以及遇到每个对手应该采用什么样的战术来与之周旋对抗。

我和李宗伟之间的战绩，说出来有点汗颜，4 胜 16 负。输的概率远远大于赢的面。我曾经在朋友面前如此自嘲：刚出道的时候，陶菲克堪称赛场上的王者，而我是陶菲克的克星。但是李宗伟，绝对称得上是我的克星。

基本上，我"千年老二"的这个名头，就是拜林丹和李宗伟所赐。可我对他们两个人的感受是截然不同的。林丹是我，也是李宗伟眼前的一座大山，我俩都曾竭尽所能、使出浑身解数去翻越这座大山。而我把李宗伟比作自己运动生涯中的一块磨刀石，让我越磨砺越锋利。

初时面对林丹，我总会产生一种明明不该输却偏偏输掉的疑惑。过了很久的时间，我才发现自己和林丹真正的差距到底在什么地方。但和李宗伟之间的较量，从开始我就知道，哪些地方是我的缺点，哪里是李宗伟的长处，他赢我，是赢在什么上面。犹如打牌，林丹的牌面是一个谜，需要我绞尽脑汁去猜、去琢磨，然后想出应对的法子；李宗伟则像是个豪客，上来就潇洒地把牌面一摊，告诉别人这把牌你不如我，你们输就输在这里。

最初在国际赛场遭遇李宗伟的时候，感觉他的特点就是快，移动速度快、球速快。而且他可以凭借高人一等的连贯性，保持连续十拍二十拍的高速度。比赛一上来，对手就必须得把自己调整到跟他一样的速度。但是他的体力和耐力可以让自己保持三局的速度，这却是常人难以达到的。我也曾为了针对他的打法，有意识去模仿速度快的人。对于其他球员来说，可能速度上还能跟得上去，但是我的身高在羽毛球运动员里算是比较高的，这是我在其他技术方面的长处，却也成为我速度上的负担。所以移动速度方面就算我再练，也是一个天生的短板。如果我还算是一辆加长好车的话，却每每在遭遇李宗伟这辆短小精悍的跑车时被拖得早早没了油。

和李宗伟交锋几次吃了亏，我回去之后就苦练自己的速度和力量，认为只要把速度提上来，再遇到李宗伟，我就会有胜算。但万万没有想到，自己却走进了一个死胡同。

到了下次交手的时候我才发现，我的速度提上来了，但是李宗伟的速度可以在比赛中变得更快。我为了追赶他的频率和节奏，势必耗费大量体力，状态好时我可以跟他拼三局，状态不好时我顶多只能打一局。一局下来之后，筋疲力尽的感觉蔓延全身。接下来的好多球，往往是意识到了，可是动作和腿脚却衔接不上了。在这样的情况下，出球质量自然很差，给李宗伟留下了从容调动和绝杀的机会。

同时，李宗伟又是一个头脑极其聪明的人，他身轻如燕，本来我能跟上他的步伐已属不易，他却还会时不时来一个假动作，对付起来实在让我有些力不从心。

大概跟李宗伟的华裔马来西亚人的身份相关，他的个性中既有传统意义上中国人个性的沉稳内敛，又有着热带东南亚人的奔放热情。这个怎么讲呢？看过李宗伟比赛的人大概都会有印象，李宗伟在场上惯常的状态都是一副喜怒不形于色的冷面，透过他的表情，你不会捕捉到他内心的波澜，也很难猜透他下一步的打算，此为沉稳。而每到关键节点的球，李宗伟也会突然地大喊大叫，长自己志气灭对手威风，此为奔放。沉稳和奔放本是一对反义词，却能在李宗伟身上和谐地统一，这让我不得不叹服。

那么多年的交手记录里，我对李宗伟鲜有胜绩，所以每一次胜利我都记得很清楚。其中，赢得最为酣畅淋漓的一场当属2007年中国公开赛决赛。

那段时间我的膝盖恢复得不错，体能和力量储备都到了一个顶点。踏上赛场，我脑海里清晰地浮现出事先制定好的战术。一上来，我就用积极地跑动，把他限制在我的节奏和频率之内，让他没办法从容地进攻和逼抢。

果然，李宗伟打得很不适应，我很快赢下了第一局。钟波指导走到我身边说："第一局打得非常好，接下来你要做的就是保持好节奏和速度跟他拼，我觉得这次你一定行。"果然，第二局李宗伟也没有获得太多机会，我很顺利地赢下了比赛。

退役后，我也还时常会去关注李宗伟的比赛。2012年伦敦奥运会决赛他因伤再次输给林丹时，我心里着实为他感到惋惜。作为曾经的"千年老二"，我太能理解他连续两届奥运会距离冠军只一步之遥的内心感受了。

　　球场上你争我夺，下了赛场我们俩还是好朋友。有一次李宗伟到中国来打比赛，想在赛地附近旅游观光。他首先记起的不是组委会，不是翻译和领队，而是首先拨通了我的电话。他在他的自传《败者为王》里说过："鲍春来是我在中国最好的朋友。"看到他这样称呼我，我觉得很暖心，还跟他开玩笑说："我什么时候成了你在中国的外交官了？"还有件让我很感动的事情是，经常会有马来西亚的"鲍迷"托李宗伟在比赛时给我带些书信和礼物。

　　我初次收到这些外国球迷的礼物时真有些受宠若惊，李宗伟则很淡定地拍拍我的肩膀安抚我："接受现实吧，你在马来西亚也很红的。"

　　每次李宗伟来中国，只要我有时间，我都会当仁不让地尽地主之谊。去到马来西亚，我也会毫不客气地喊他出来请客吃饭。2012年11月李宗伟大婚，他给我发来了邀请。可当我乐呵呵准备飞往马来西亚赴约时，没承想我的二乎劲儿又犯了，签证出了问题。我本想很抱歉地跟李宗伟说声对不起，没想到他听说我的情况后亲自找了马来西亚大使馆相关人员，分分钟就把签证的事情搞定了。我在为自己的粗心大意羞愧之余，也不得不再次感叹李宗伟在马来西亚的影响力。

　　有时我会"痛恨"我所从事的竞技体育职业，因为它总是让人互相比较，还非要分个高低；有时我又会庆幸我从事的竞技体育职业，很重要的原因就是它让我在比较中遇到了志趣相投又惺惺相惜的朋友，就像陶菲克和李宗伟。

于我而言，我感谢他们作为强大的对手激发我生命的潜能，我更期待当硝烟散去我们互相执手把酒言欢的时候。

感谢他们，我一路上的对手，一辈子的朋友。

29
你们在，我就在

前面我曾讲过，其实我是一个从小都在爱护和鼓励中长大的孩子。但人生不会永远一帆风顺，逆境早晚来临。身处逆境时，我提到了家人的理解、教练的指导和自己的反省，却一直没有提另外一股始终不息源源不断的力量，正是这些因素一起，一次又一次让我摆脱人生的低谷，蜕变成全新的自我。这一股生生不息伴我成长的力量，就是我的球迷们。

至今，我都很感激我的球迷。他们绝对是我心中最可爱的一群人。在我最犹豫和困惑的时候，他们总会毫不犹豫地伸出手，给我带来安慰和鼓励。在我终于靠努力换来成绩的时候，他们也会欢欣鼓舞同我一起分享。

我和林丹性格迥异，所以我的球迷和林丹的球迷也颇不同。喜欢林丹的人，更多的是喜欢林丹在球场上的那股真男人的劲儿，喜欢那种强烈的、舍我其谁的霸气和激情。而喜欢我的球迷，据朋友的观察和转告，则是"喜欢小鲍的怎么那么多小姑娘啊"。我自作多情地想，我的球迷们大概除了喜欢羽毛球、肯定我在球场上的表现外，还会爱屋及乌地青睐我身上其他的一些东西：输球时候的眼泪、半生不熟思考后留下的文字、时不时卖卖萌贴出的自拍照……而且，那么多年里一直打球赢我的林丹，有一点却是自认服输的，那就是他总觉得喜欢我的球迷多过喜欢他的。哈哈，当然这是玩笑话，"喜欢"这种东西本来就是没法量化和不该拿来比较的。不过因为我成名较林丹更早，林丹因为球迷的事曾留下一点小小的"心理阴影"倒是真的。

当时我们在北京天坛体育馆附近训练。有时林丹训练完了出门，经常会看到很多粉丝在门口等。他们有拿毛绒玩具的，有提着蛋糕的，各式各样，五花八门。林丹还曾经心中满满的激动，没想到有那么多球迷爱着他。可还没等缓过神儿来，就有人"不合时宜"地道明出来意，"林丹，我们都很喜欢你，但是能不能麻烦你把这些东西转交给鲍春来？"我估计林丹当时一定是满脸黑线，哦，不对，是白线（黑线在他脸上应该不显的，哈哈）。转手把东西给我的时候，林丹上下左右地打量了我半天，"没发现你哪儿比我帅啊？"

曾经看到过《体坛周报》的报道，把我称为中国第一个体育明星。初看时，心里还是忍不住有点小小的悸动。但是我一直都心里打怵，不敢应承"明星"这个称号。"明星"，都是喜欢他的人给的，万一他不招人喜欢了，他也就不是明星了，其实这是一件挺可怕的事情。关于明星这个称号，我在心里给自己定位成"好不容易才被大家喜欢的人"，时刻提醒自己得好好珍惜这份"喜欢"，因为它是"好不容易"才换来的。

　　个人感觉，可能因为我是一个比较好相处、有亲和力的人，所以粉丝会更愿意和我交流，互动起来也会相对简单。我的很多球迷一直都保持着跟我的互动。我知道的就有类似于鲍春来官方粉丝团、后援团这些组织，经常会在百度贴吧、新浪微博上跟我交流。记得刚接触电视节目的时候，有媒体记者问我说：鲍春来，你的粉丝团挺专业啊，跟我们娱乐圈的明星粉丝团都差不多了，是不是专门有人组织过？还是李永波指导就像 NBA、英超那样，想捧出一个羽毛球的形象代言人来？我开玩笑地告诉他们："这个真没有。要说原因的话只能是我的球迷又热情，素质又很高吧，哈哈。"

　　我在粉丝团里有个光荣的外号叫"吃货"，这个外号的由来一部分确实是因为我喜欢吃，还有一部分原因也是拜球迷所赐。记得刚开始成名时，我时常收到一些球迷送来的很名贵的礼物，比如施华洛世奇的耳机，价值不菲的皮具。我心领他们的好意，却自觉实在受不起这些贵重的东西。我便在网络上跟球迷互动时劝他们不要再为我太破费金钱送东西，其实随便送些普通的礼物我一样会很欢喜，比如送些吃的。我这一"比如"不要紧，却被好多可爱的粉丝当了真。于是不管我到哪儿参加比赛，或者去哪儿做活动，总会收到很多粉丝带来的好吃的当作礼物。于是我就在"吃货"这条不归路上越走越远，也越来越名副其实。

记得有一次在北京训练，一个粉丝专程从西安过来看我，还专门带了一份当地最出名的特色凉皮。我把凉皮捧回宿舍时，好多队友都惊呆了。我也没管他们，坐下来认真地把凉皮吃完了。凉皮是凉的，我却感觉心里暖暖的。

其实我们在国内比赛的机会并不是很多。但是每有亮相，好多粉丝都会从全国各地特意赶过来。有的会随身带很多的礼物，等在酒店，一等就是一整天。对此，我总觉得很过意不去。

有一次，我到外地去比赛，刚好赶上天气不好，阴雨连绵，路上非常泥泞。当时有个小女孩，是我粉丝团里的成员，知道我喜欢吃蛋糕，就冒雨出去定做了蛋糕，打算在比赛后送给我为我庆功。结果女孩取蛋糕回来的路上，因为路太滑摔倒了。自然，蛋糕被摔得"尸横遍野"。再去做，时间上又来不及。当女孩把已经变形的蛋糕盒递到我手上的时候，我瞥见小姑娘的衣服上四处沾着泥水。我打开盒子，那残缺的蛋糕裸露出来的一刻，她忍不住哭出声来。看着眼前的一幕，我的眼圈也一下子红了。

让我颇感意外的是，我的球迷不仅局限在国内，海外竟然也有。有一次打印尼公开赛，比赛完出球馆准备坐大巴回酒店时，我看到一个黑黑的、十几岁的印尼小女孩站在车门旁边，好像等了很久的样子。看到我出来，小女孩走到我面前递给我一个盒子。语言不通，但在她的比比画画和期待的眼神中我明白了，她是专门过来送我礼物的。我打开盒子一看，是一条特别厚实的围巾。感动之余，我又觉得吃惊，要知道，印尼本就是热带气候，那时候又是夏天，我身上还穿着短裤短袖呢，我想不明白小女孩为什么会送我一条冬天的围巾。但是事情还没完，小女孩非要坚持把围巾给我围上，大概是要看一下合不合适。看着她天真的笑脸，我还是乖乖地低下头任凭她捣饬。我围着围巾上了大巴，一直到车子驶出球馆才摘下来。一路上，大家看我的眼神像在看外星人，可是那又如何呢？

　　我时常在想，我的职业不过只是一个羽毛球运动员，打球参加比赛是我的本职工作，我何德何能，可以让人家那么掏心窝子地对我好呢？这是我莫大的荣幸，是比我在赛场上赢多少场比赛，拿多少场冠军都更珍贵的东西。所以，对于喜欢我的球迷们，我一直都在亏欠着他们。这份亏欠，估计永远都还不完。

　　而我能为他们做的却非常少。在一年内比较重要的时刻，比如说中考、高考前，我会尽量通过网络和其他办法，跟他们进行互动，叮嘱他们爱护身体，把自己比赛时候的心得和经验拿出来分享，仅此而已。当得知他们中的很多人靠着我的分享和鼓励闯过了学业、工作和生活中的各种关卡时，我也会感到非常欣慰。

　　我也曾经和粉丝团有过好多面对面的交流。与粉丝们在一起时，我的状态是放空的，当我融入他们当中去的时候，我发现其实每一个粉丝都和我一样，有着自己的梦想和追求，也一直都在各自的人生道路上努力着，甚至他们中的好多人，过着令我羡慕的多彩的生活。所以我会更加庆幸我能因为只是做了自己该做的事却还幸运地赢得了他们的喜欢。我的球迷中还有一些年纪比较大的，算得上叔叔辈、阿姨辈的，他们多是很专业的球迷，我在跟他们的聊天中会得到一些建议和期许。他们所说的有时真的会打开我的另一条思路，让我站到另外一个角度重新看待自己的问题。通过这些活动，我汲取到很多在国家队里学不到的东西。

对于我自己来说，比赛或者活动结束后，只要条件允许，我是很喜欢跟球迷一起随便坐坐聊聊天的。在马来西亚比赛时，我便经常跟那边的球迷一起吃饭、喝咖啡。而且对于球迷签名合影的要求，我也从来都会尽量满足。一来我知道他们真的很不容易，二来我也不想跟他们有距离。高冷本就不是我的个性，我巴不得他们把我当成他们邻家的大男孩才好。

因为有了跟球迷的深入交流，当我再次站到球场中央时，听着他们为我呐喊加油，我便知道我不是一个人在战斗。我仿佛更真切地感受到自己处于一个力量的旋涡之中，我成为一个担负了责任和使命的表演者，我必须表现出自己最好的状态，才能回报球迷的远道而来和满心期待。

当我退役时，虽然好多球迷伤心难过，但是他们还是选择了支持。也正是有了他们的存在，让我更有勇气去尝试不一样的事情；

球迷也说，他们会把自己的愿望、梦想投影在我的身上，我的一点点成功都会给他们带来力量。正是带着他们的那份支持和期许，我才一直走到现在。

搞退役发布会时，我特意邀请了我的好多球迷前来。也是在那次发布会上，我收到了迄今为止得过的最大礼物：一艘精心打造的木雕帆船，上书"一帆风顺"四个大字，寄予了他们对我在新的领域可以顺顺利利的期望。我一直觉得那是一艘充满福气的帆船，现在还摆在我北京家中的客厅里，一进门便可以看到。

退役之后因为保留了参加国内赛事的权利，所以我仍旧代表湖南队参加了 2013 年的全运会。那次全运会上的最后一场比赛也便成了我真正的谢幕演出。我还记得那次比赛是在辽宁锦州，比赛时场边忽然多出了四五十个球迷组成的粉丝团，他们拿着我的头像，喊着我的名字，我觉得那是歌星的演唱会上才会出现的场景。后来我才知道他们是为了这场比赛专程从全国各地，甚至从马来西亚自发赶来的。尽管我输掉了那场比赛，但是我永远记住了球迷的热情。也为了表示我真诚的谢意，赛后我邀请他们一起吃了饭。

2014 年 11 月，距离我退役已经三年多。当我右耳突发性失聪的消息爆出来时，我始料未及地依然收到了许许多多来自球迷的关心和祝福。虽然我没办法在网络上一一回复大家，但是当翻看一条条大家的留言时，我还是感动得眼泪在眼眶里打转。我没想到离开了三年多还有那么多人一直在默默地关注着我，我没想到那一股生

2012 年 2 月杨宗纬、陈楚生、我
在"春来时·心启程"新闻发布会

我和林丹

● 音乐剧《流浪狗之歌》现场剧照和脸谱

🐾 我和狗狗

在毛里求斯

人 生 不 止 一 种 选 择

🐾 2012 年 4 月参演《我是冒险王》，在小火车上

🐾 2012 年 7 月，在青海门源

参加《我是冒险王》，在海边

参演话剧《他和他的两个老婆》

话剧排练现场

人 生 不 止 一 种 选 择

🏸 参加真人秀现场

🏸 和麦当劳叔叔在一起

写真

人 生 不 止 一 种 选 择

电影《击战》剧照

ONE MORE CHOICE IN LIFE

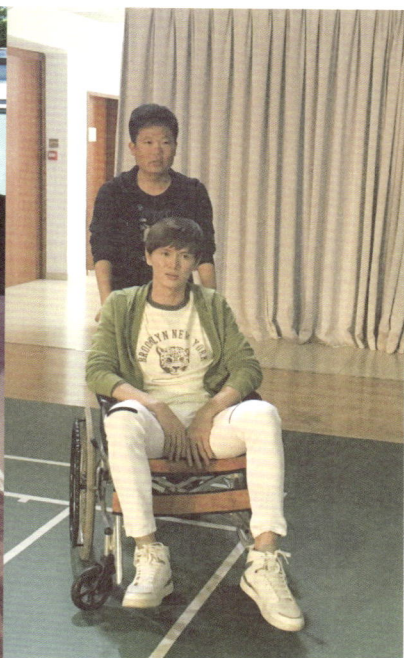

🏸 电影《击战》花絮，王景春老师笑着向我们走来

🏸 我和王淼在对台词　　　　　　🏸 我和《击战》的导演牛乐

《击战》花絮照

ONE MORE CHOICE IN LIFE

 我在海边

 从左到右：李元元、我、李立群、蓝天野、万芳、赖声川

ONE MORE CHOICE IN LIFE

生不息陪伴我走过近十年生涯的力量并未因为时间的流逝而消减，反而更加静水流深。

我还记得 2006 年那一篇把我捧为中国第一个体育明星的报道文章《旗手在，阵地在》，套用这个标题，我刚好可以许下跟球迷的一个约定：你们在，我就在。

Chapter 6

转身， 坚持做自己

人生前三十年我选择了命运的一条路，让自己肆意挥洒汗水，把整个青春都投入到了我热爱的羽毛球事业中，回想起来，有激情，也有未曾实现的梦想，但我无怨无悔。三十年后，我重新选择了命运的另一条路，我很感恩，也更珍惜。

30
演艺圈的"第一次"

　　前二十多年的运动员生涯，教会了我一个很重要的道理，那就是每一次从领奖台上下来，就意味着一次重新的开始。如果说退役是一段人生的终点，那接下来的转型进入演艺圈，不过是又一次从一个终点到了另一个起点。

　　现在回想自己进入演艺圈的"第一次"，应该就是 2012 年担任青海卫视大型探险类综艺节目《我是冒险王》的主持人。那时候我刚退役不久，节目组的工作人员就敲开了我家的大门。说实话接到邀约的那一刻我是犹豫的。一方面因为自己内向的个性，唯恐无法胜任；另一方面我的内心又向往自由，渴望冒险，这当然是一个能够自由冒险的好机会。最终，还是内心的躁动战胜了腼腆的性格，就这样开始了我的演艺圈处子秀。不"秀"不知道，一"秀"吓一跳，在《我是冒险王》中，我突然发现原来自己也挺能"说"的，那感觉就好像一下子找到了一个内心渴望但从未被发现的自我。从前，羽毛球几乎占据了我生活的全部，而《我是冒险王》则打开了我通向另一个世界的大门，让我觉得随后所经历的一切都是新鲜的。

坦白说，第一次主持《我是冒险王》时我甚至连找机位这样最基本的事情都不懂，完全就是一个菜鸟小白。可我是主持人啊，我要在奇山异水、深林险壑、荒野大漠中去适应环境，去捕捉镜头，还需要和整个团队合作，将我看到、听到、感受到的一切真实形象地表达出来，传递给观众。不过还好，即便从零开始，我还是努力接受并战胜了这来自新世界的第一次挑战。感谢《我是冒险王》，让我在领略外面大千世界神奇秀丽的同时，也让我开启了探索内心另一个全新自己的旅程。

如果说2012年参加《我是冒险王》的拍摄是迈进演艺圈的一小步尝试的话，那么2013年在回到湖南省队参加完全运会之后，我才算真正投入到了这个全新的世界中。不断的话剧演出、时尚活动、真人秀、电影拍摄……一个全新的鲍春来正在破茧蜕变。

其实关于以哪种方式更好地进入演艺圈，我的团队和朋友们曾给过我无数建议，摆在我面前的也有很多种可能。多数人的提议是理应选择更快、更直接的方式继续活跃，保持在球迷以及观众视野中的"曝光率"，比如去上各种综艺，去参加大火的真人秀，或者直接去拍影视剧，但是我却有自己的想法。于我而言，既然选定了这条路，便也做好了从头开始长途跋涉的准备。所以我还是放弃了一味地追求外在的曝光，选择了一个可以让我真正由内而外地去蜕变的方式。话剧舞台，这个最接近观众，也最接近自己的地方，便成为我开始磨炼的第一站。在我个人的想法中，同样作为表演艺术的敲门砖，话剧虽然不及影视剧更大众化，但对于想扎实地锤炼演技来说却是更好的选择。想成为一个真正的演员，就必须从基础抓起，脚踏实地走好每一步。话剧表演是没有 NG 的一次性艺术，需要一气呵成，演员要在剧本的基础上对人物进行二度创作，因此对演员的表演功力要求相对更高。选择话剧这方"练兵场"，可以让我对跨界的自己要求更加严格。我也相信二十多年运动员生涯养成的毅力和反应力一定会给自己的学习带来很大的帮助。

而且关于跨界这事，我自己心里也很清楚。我凭借着体育明星的光环，自然能够比平常人更容易地进入演艺圈。要说非要拒绝明星光环给我带来的种种便利，当然也是矫情，我不会那么做。只是在这些便利之后，我还是更愿意把时间和精力放在表演这门课的基本功上，毕竟这才是自己将来在演艺圈的安身立命之本。演好了，我收获该得的荣誉；演不好，恐怕我自己都没脸再混下去。我愿意通过自己的努力，让将来贴在鲍春来前面的标签是"演员"，而不只是"明星"。

在出演话剧之前，我专门去了北京电影学院拜师学习表演。电影学院的那段学习时间，是我在十几岁正式开始打球之后再一次重新回到校园课堂学习文化知识，因此我格外珍惜。从表演的基本功开始，到接触电影理论、电影史的相关知识，我慢慢在潜移默化中加深了对表演的认识。

学习期间，我们经常要排演话剧片段，还经常是《茶馆》这类京味儿的话剧。可以想见，儿化音于我这样一个"福南人"而言简直是巨大的折磨。于是为了练习发音，我经常在上别的通告的空闲时间，对着我的团队人员练习话剧台词和表演，那阵子大家都觉得我快魔怔了。直到现在，每次出差，我还都会随身带一本练习发声的教材，只要有空，就要拿出来练一练。那段时间里，我参加了班里的两次话剧演出，跟同学们齐心协力排完了戏，并且还录了像，那一切在当时的我看来都是不可思议的。

31
参演话剧《他和他的两个老婆》

在电影学院，我非常幸运地遇到了两位很好的老师，一位是崔新琴老师，一位是霍旋老师。她们二位都是学校里德高望重的老师，教学严谨，对待学生认真耐心。虽然我只是作为插班生学习了短短几个月时间，但从她们身上学会的道理和得到的指导，已让我受用不尽。我真心希望以后还能有机会再回学校上课，哪怕只是蹭蹭课，沉浸在那个艺术的氛围中，对我都是大有裨益的。

2015 年，在看了赖声川导演的《如梦之梦》和《冬之旅》这两部话剧作品后，我想亲自登上舞台表演的想法再一次被激发。就像打球时坐在场下观看赛场上的高手过招，当我以一个"准演员"的身份坐在台下看着那些高手演员在舞台上尽情地释放自己的喜怒哀乐，把剧中人物的情绪传染给观众，让观众如身临其境时，我觉得话剧表演真是充满了魅力。那一刻我恨不得能够立即站上舞台展示自己。很快，我的机会就来了。我通过朋友认识了专业的话剧创作团队，在交谈中我向他们表达了自己想演话剧的愿望，他们很爽快地提出让我参演，我们一拍即合。这便是由赖声川老师监制、丁乃筝等老师导演的《他和他的两个老婆》，我在其中扮演"菜鸟"警察沈佐一。

第一次进《他和他的两个老婆》剧组的时候，我感到非常陌生。我记得那是一个不大的排练室，导演和副导演当时都在现场。每个人都在按部就班地进行着工作，演员对完台词之后就开始排练，之后导演会对演员表演的节奏、台词、情绪等方面进行指导。只有我，还是一个局外人，默默地在一边打量，想着自己应该做点什么融入大家。虽然在北京电影学院学习期间尝试过一些话剧片段，但是当真正开始实战的时候还是觉得跟之前有很大区别。排练场不是我熟悉的排练场，剧目也不是我熟悉的剧目，并且身边的朋友都是有多年表演经验的专业演员。看他们从热身到进入状态，再到跟导演沟通的过程都是轻车熟路，而慢热的我只能一步一步学，小心地跟大家进行沟通。慢慢地，我们也开始熟络起来。虽然一次次的排练，我跟专业演员朋友们的差距也显现出来。导演和朋友们也对我报以了很大热情，帮助我解决了很多表演上的难题，但是正式表演时还是会觉得有太多地方没把握好，台词功底更是没有其他演员那么扎实。每次当自己表演不到位的时候，脸皮薄的我都会感到很尴尬，恨不得挖个洞让自己躲起来。但是没有办法，这是任谁都必须要经历的过程，我只能硬着头皮坚持下去。我时时告诫自己，既然选择了来演，就要负责任地走到底。功底不扎实就必须用更多的时间来练习，感觉不到位就得私底下多多揣摩角色……

除了在电影学院学习的那几个月，我之前关于表演的经验都来自做主持人，上综艺节目，那时候我学会了去观察现场气氛，去尽量地流露真性情，然而话剧表演则完全是另一种类型。我要学会控制情绪，拿捏氛围，去发动全身感官给自己先塑造一种戏剧的情境，再释放、再发泄。和剧组其他专业演员相比，我是一个纯粹的新人，干着一件和之前二十几年人生经历毫无关联的一件事，但是既然出现在同一个舞台上，就没有双重标准。硬着头皮坚持了一段时间之后，我才开始感觉到了自己的进步。表演不再像刚接触的时候那么机械，在台词和情绪上的把握一天比一天到位，我自己跟所饰演的角色也磨合得越来越顺，那时心里生出了一种豁然开朗的欣喜。我想这就是磨炼中的收获，也是表演的乐趣所在吧。

其实在话剧《他和他的两个老婆》中，我的戏份并不是很多。但是每个角色都有其存在的意义，表演是不以戏份多少分轻重的，尽全力饰演好自己所担任的角色是每一个演员的使命。让我很不可思议的是，导演在这个过程中给予了我很多自由发挥的空间。我原以为导演会总是批评我"这个地方不好，那个地方不到位"，但其实他并没有过多干涉我，而是给了我很多空间去思考、去揣摩、去尝试、去发挥……如果节奏不对了，导演会指出来，并且给我提供选择，让我按照自己舒服的步调选择适合自己的方法进行调整。我记得当时有一个场景，我扮演的警察需要离开现场后再折回来跟剧中另一个人物进行对话。当时我转身离开之后觉得没有契机再回去进行对话，总感觉有些突兀，随即跟导演提了出来。导演立即就创造了一个条件，给了我一个折回去的动机：我扮演的警察在剧中是一个吃货，导演便给了我一罐饮料，让我最初就带着饮料跟剧中人物对话，离开之后发现饮料忘记拿，又折回去取，如此也就顺理成章地完成了后面的一段对话。导演这种引导性的沟通令我印象深刻。我也由衷地感谢导演，他总能提供一些方法，给我很大的空间去演绎我自己的状态，让我把表演的节奏拉回来，更好地把戏演完。

在每天的排戏过程中，我按捺不住地也会时常问自己另外一个问题。曾经作为一名运动员的我，曾经在羽毛球赛场上取得了一些成绩，但是现在作为一名"演员"再次出现在大家面前，我是否能够做好？熟悉我的那些人又会怎么评价现在的我？这种对于新的自我的担忧成了我每天练习的压力，当然，也是动力。

　　经过一个多月认真而辛苦的排练，我们的话剧《他和他的两个老婆》终于在 2015 年 5 月 28 日迎来了在北京保利剧院的首演。至今我都还记得首演当天我踏上保利剧院舞台的感觉，就跟做梦一样。以前总是听说话剧的舞台是神圣而充满魅力的，但是只有真正站在上面的人才会对这句话有更真切的感受。第一次真正面对几百名观众的商业演出，对我来说压力真的是无比巨大。我记得当时有演员朋友给我支招，让我在开场前十分钟站在舞台后边提前感受观众的气息和表演的环境，这样便不会在上台时那么紧张。那时候我站在舞台后面，竟忽然有一种似曾相识的感觉，我记起第一次参加羽毛球大型比赛的时候，观众席上也是很多人，我也曾站在赛场的入口处感受现场的氛围……那感觉何其相似。于是我一下释然了：自己也曾在赛场上体会过这种环境，为什么在这相似的舞台上要有那么多顾虑呢？不过是赛场换成了舞台，我只需要尽力去拼，全力去演就够了。在那样的心境下，我顺利完成了《他和他的两个老婆》的首场演出。

　　后来，我随团队进行了全国巡演，经常会在全国各地遇到曾经的队友。他们中有的开了球馆，有的当了教练，当中也不乏热爱表演的人，见面聊天时常会流露出对我从事表演行业的羡慕。的确，我也觉得我是幸运的，能够在退役之后选择自己所感兴趣的行业，并且在短时间内还能够有这样的表演机会，我已经非常知足。

参演话剧《他和他的两个老婆》对我来说是提高演技的难得机会，同时也是宝贵的人生体验。每次谢幕的时候，看到起立的观众，听到热烈的掌声，成就感总会油然而生。这种成就感背后是整个话剧团队无数次对角色的揣摩和无数次反复的排练，我很荣幸能够成为《他和他的两个老婆》团队的一员。话剧的巡演不只锤炼了我稚嫩的演技，也让我在为人处世方面变得更加成熟。在巡演的过程中，我常常会跟其他演员进行交流，不只探讨演技，我们还会聊生活、聊人生，我有一个有趣的发现，作为演员，他们好多的人生态度都是受曾经所塑造的角色启发而来的。我想这也是表演艺术的另一种魅力所在吧！

从我的运动员生涯开始，我就发现我时常跟别人想的东西不一样。当别人在思考大局战术或者怎样更有效率地攻死对方时，我却在思考如何能把下一球打得更刁钻、更好看。更形象一点来说，即当别的队友站在发球线思考下一步战术时，我会纠结怎么才能让内场发球刚好压在中线上；当更多人拼了命地想扣死对方时，我却在想怎么才能让球扣过去刚好压在底线上。这是我打球的逻辑，也是我做事的逻辑，简单说，就是事情既然要做，就一定要做到极致和漂亮。比如参演《我和我的两个老婆》这部话剧时，为了不给排练拖后腿，从一拿到剧本那一刻起我就开始猛背台词，每次排练我都争取做到是现场台词最流利的一个。在全国各地巡演时，每次演出之前，我也都会全程参加所有的排练，争取一场比一场演得更好。

　　完成了《他和他的两个老婆》全国巡演后不久，我就又投身到由赵自强导演的大型亲子音乐剧《流浪狗之歌》的排练中。这部剧同样由赖声川老师担任艺术总监。也正是因为这部剧，我有了第一次真正跟赖声川老师的深入交流。那时候赖老师正在排练话剧《暗恋桃花源》，我便过去探班，正好看到赖老师在给演员们讲戏，我就静静地坐在旁边默默偷师。当赖老师发现我的时候，十分热情地迎了上来，还把我介绍给剧组的演员们认识，一副非常和蔼可亲的样子。赖老师留着一头长发，在我的印象中，长发飘逸的男艺术家通常都是严肃得让人敬而远之的，但是赖老师的风趣幽默却让我如沐春风。后来我们的《流浪狗之歌》完成了第一轮的排练，有一天请赖老师过来进行指导。我和其他演员在没有上妆的情况下，现场就演了一段，结束之后赖老师走到我身边，轻轻拍了拍我的肩膀说："小鲍，有进步哦！继续加油！"听完赖老师鼓励的话语，我的心中立即涌上一股暖流。我感受到了话剧界大师前辈对我这样一个晚辈新人的关注，于是暗暗下决心一定要继续提升自己。

　　带着赖声川老师的鼓励，我更加认真地排练好每一场戏。后来，《流浪狗之歌》也开始了全国巡演，这一次我能够更清晰地感受到了每一场自己都有不一样的进步。因为《流浪狗之歌》是一部音乐剧，所以挑战对我来说要比之前的话剧《他和他的两个老婆》更大。

《他和他的两个老婆》是人与人之间发生的故事，除了基础训练，基本上按着自己的感觉走就可以把戏顺下去。但是《流浪狗之歌》则是从人类转换到了动物，而且还是以音乐剧的形式来表现，有很多歌唱的部分，难度和挑战都增加了。当初接这部剧的时候我也曾犹豫过，但转念一想，人生的每个阶段都是一个台阶，走完一个就得接着迈下一个，有难度才有提升的空间，于是我便下了决心去参演。面对音乐剧的新挑战，虽然我有身高和体能的优势，但同组的搭档都是唱跳俱佳的专业演员，这也意味着我需要花更多的时间去揣摩角色和加强歌唱的技巧。

在《流浪狗之歌》的巡演过程中，我越发体会到，作为一个演员，要演好一部作品，不只是记台词走完戏就可以的。还需要把握表演的力度，就像导演说的"不能不够，也不能太过"，这分寸的把握必须建立在"真听、真看、真感受"的基础上。这"三真"也是我在电影学院学习期间崔老师和霍老师反复强调的。我在一点一滴地体会和积累，也学着更加留心观察身边的人、事、物，争取让自己的表演再上一个新台阶。

32

参演电影《击战》

时间时快时慢，就这样来到了 2016 年，我也终于在 2016 的上半年迎来了自己的第一部电影。

走下话剧的舞台，这一次我要在摄影机的镜头前开始表演。其实在镜头前表演的经验我之前有过一些，不管是真人秀也好，还是外景主持也好，都是需要面对镜头的，但是面对电影拍摄的镜头显然是不一样的。以前我一直以为话剧的表演相对影视剧来说是更难的，但是这次拍完电影之后我才明白，其实两者各有各的难。影视表演的难点在于它的片段性。你要用一个眼神一个表情来表现某种状态，哪怕这个镜头只有几秒，你的整个人也要进入角色的一生。而且镜头会放大表演的细节，所以一丝一毫都不能露怯。还有，之前我总觉得反正演电影可以 NG，大不了 NG 之后再来就好，但其实不是那么回事。有时不断 NG 之后，越往后演反而状态越不对，因为当你意识到自己开始演时，就已经不是自然真实的状态了。相反，有时在一瞬间无意流露出来的状态反而是最难得，可遇不可求的。

这部电影的名字叫作《击战》，是一部以羽毛球为题材的热血青春片。羽毛球和电影的结合，对于我的电影之路而言真的是一个超级"梦幻"的起点。羽毛球是我的老本行，所以不管是训练还是比赛，在拍摄和羽毛球相关的场景时，都能够让我回想起自己相似的过往经历，在表演上自然也是得心应手。开始进入电影拍摄的前几天，面对我们专业的团队我还是有些紧张。随着跟一群很合拍的演员朋友的相处，才开始逐渐放松下来。

在剧组中，很多前辈都对我非常照顾。在拍对手戏的时候，像王景春老师、刘小光老师，会一边拍摄，一边给我讲戏。特别是王景春老师，经常给我"开小灶"。记得有一次他告诉我，拍戏的时候尽量不要去看监视器，你看了就是有意识地去改正自己，慢慢地就不是你自己最初的想法、状态和情绪了，这样改正的结果反而有可能是不对的。要是只想着剧本给我什么，我就给它什么，拍出来的有可能是最自然、最真实的……王景春老师性格很直爽，说话也很风趣，平时在剧组没戏的时候我们都会聚在一起聊天。王老师喜欢美食，而我又是一个标准的吃货，所以结伴去探访美食也成了我俩常做的事情之一。

　　我们的拍摄一般从早上六七点就开始，直到晚上九十点钟才结束，工作强度比较大，过程其实挺累的，但是因为大家相处融洽，有时反而觉得一天倏忽很快就过去了，所以说是累并快乐着。待在剧组的感觉其实很像之前待在羽毛球国家队，有长辈，有教练，有领队，像是一个有爱的大家庭。一伙人为了拍摄吃住在一起，也有点像我们之前比赛的集训，只是每天工作的时间上比我们参加比赛集训更长。以前打一场比赛训练完就没事了，但是拍戏还需要去等，需要去磨，需要去消耗，需要更强大的体能和精力。记得有一次拍摄一场打多球的戏，我们要去练步伐练多球，这距离我退役已经有四五年了，我也很久没有打过多球。拍摄一开始，我的状态很兴奋，挥拍有力击球准确，但拍了两三组之后，导演想要更好，教练便又要求我再多加一些。打到后来我就吃不消了，动作也开始吃力，整个人最后累到不行。但是这种感觉却是在我退役之后好久不曾有过的。感谢那一组组镜头，让我找回了久违的累到虚脱的快感。

　　《击战》一共拍摄了两个多月，我也和大家整整相处了两个多月。这中间让我感触最深的还是学到了、悟到了很多的表演技巧。我深深地体会到，演戏这件事情真的是需要花费时间和心思去琢磨的，一个眼神一段戏，哪怕只是短短几句话、几个词也需要仔细推敲，才能准确地表达出来。影片中还有一场戏令我印象深刻。那是我和片中的对手王森两人在影片最后要演绎一场关键的比赛。片中的情景是我们上场，眼神望着对方，之后开始选边，再准备发球，整个过程当中没有任何对话，显然是一场无声胜有声的重场戏。看似没有什么需要表演，实则需要在镜头前去表现无限的东西，我需要用眼神去表达当时心里的状态，我需要靠想象力真正把自己置身于一场生死对决的现场。也许我只有一个小小的动作，却要传达千言万语。为了能让自己的眼神和表情更到位，我时常会去看王景春老师他是怎么演的，思考为什么他在肯定一件事情的时候，眼神和表情能那么坚定，那么丰满。我有时也会去直接问王老师，为什么我的表情不能像你一样？他说你还需要有更多的想象力和更多的人生经历，才能在特定环境下有更多情感的表达。所以我觉得这次演戏真的是一个很好的经验，让我不只学到了很多表演的技巧，更重要是那些无形的感悟。我很期待 8 月《击战》的上映，同时心里也会犯嘀咕，不知道自己饰演的角色最终会在大银幕上呈现为一个什么样的形象。但是无论成败好坏，我都做好了充分的准备，毕竟自己是一个新人，我会把姿态放到最低，去总结，去反思，去积累，去再出发。

退役后的这几年我经历了很多新的挑战，生活也过得很精彩。就像很多人之所以选择演员这个职业时的初衷和愿望一样，我也盼望着能在未来的演艺道路上去多尝试扮演不一样的角色，然后从每个角色身上去体验不同的人生。到目前为止，我扮演过警察、运动员、流浪狗、强盗……我想还会有很多有趣的角色在等着我去体验。我时常会幻想，等哪一天我一定要演一部古装戏，就凭我这人高马大的身材，穿上铠甲扮演大将军，一定也是威风八面。

演戏这条路很长，我希望自己能够一步一步来，不急不躁，活到老演到老，便是我对现在新事业的一个愿望。我从未想过要回头，现在以及未来还有很多事情等着我去尝试、去探索，我也会继续开启人生的新旅程，让自己过得更加充实精彩。

33
一直在路上

2016 年 6 月，汤尤杯在江苏昆山举行，我以参加活动的身份又一次回到了那个熟悉的集体，回到了那个熟悉的环境。

从踏上昆山的那一刻起，我的整个身心便如回家般放松和舒适。在那里，我见到了很多教练和老队员，李导、夏导、林丹、蔡赟、傅海峰等很多人。和他们聊天，不需要寒暄的过程，拍两下肩膀，直接问他今天状态怎么样，连名字也可以省去，因为太熟了。就感觉虽然过了很多年，但其实一起培养的那些情感，包括那些熟悉的东西一直都在。甚至在某一时刻、某一瞬间还是有种莫名的感动，特别是右踏上汤尤杯比赛球场的时候，和他们坐在一起，和他们一样身披战衣的时候，当年的那种感觉依旧在。

当时我在球场上和林丹聊天，林丹坐在我的左斜上方，我们坐的这个区都是中国队的队员，那时是在跟墨西哥队比赛，我们一边看球，一边聊天。林丹开玩笑说："你怎么都没变啊！你要再多看一会儿恐怕我又多一个对手了。"我也说道："对呀，我怕你寂寞，所以回来陪你了，哈哈！"后来蔡赟坐到我旁边，也聊了很多刚刚退役的事情以及自己之后的一些打算。就这样整整一个下午，我坐在那里看完了中国队的比赛，心中五味杂陈。每一个球的飞跃、下落，还是时刻牵动着我，跟着赢球时兴奋，输球时叹息。那一刻，我内心翻涌着的，不只是无声的呐喊"中国队加油"，还有为身边兄弟们都在互相默默助威的莫名感动，更或是对自己过去种种往事的缅怀。过了这些年，我从一个全新的世界又回到那个熟悉的环境，那整整一个下午，我都沉浸在一种说不出的奇妙的感觉里。

记得刘德华有一首歌里面写道"如果要飞得高，就该把地平线忘掉"。曾经人生前三十年我选择了命运的一条路，让自己肆意挥洒汗水，把整个青春都投入到了我热爱的羽毛球事业中，回想起来，有激情，也有未曾实现的梦想，但我无怨无悔。三十年后，我重新选择了命运的另一条路，我很感恩，也更珍惜。记忆是不会被抹去的，但记忆就该让它成为记忆，把过去人生的光环当作自己的财富，让它激励我努力向前。

铁打的营盘流水的兵，铁打的赛场流水的运动员。今年又会有很多运动员面临退役的问题，他们之中有的也是我的老朋友。退役之后，生活都会发生巨大的变化，各自也会面临很多新的选择，但我相信我们一定都可以变得更好，毕竟曾经都是经历过大赛，经历过风雨、奋力拼搏过的人，拿出比赛时的意志力和智慧，相信大家都能有一番新的作为。就像我当时选择退役时，心里面难受至极，总感觉还有很多事情可以做得更好，但当时因为腿伤，已经心有余而力不足。退役后前两个星期的时间里，心中的难过一遍遍反刍，晚上做梦总会梦到在球场上打球的情景，看到身边所有穿过的鞋子，用过的球拍、拍套时，目光还是会情不自禁地多停留几秒。

退役后我去参加了中央电视台体育频道的体坛风云人物庆典，当时我和歌手陈楚生合唱了一首叫作《这一刻》的歌献给所有退役运动员，里面有一段旁白是我自己写的，写出了我当时所有的心中所想：

一瞬间，时光不再。

收拾起那个熟悉的背包，

一瞬间，运动生涯已经再见。

人生路上，我们留下一串串脚印，

这脚印，有深有浅，

有完美，也有缺陷。

你要知道，

我们把一生当中那最激情、最美好的十几年，留给了赛场。

成功，失败，泪水，欢笑，

都是我们生命中最值得留恋，最值得珍藏的时光。

因为这段时光，我们倍感自豪，

这一刻，我们告别熟悉的舞台，开启新的人生，

新的背包里，

有旧日的荣誉，也有新的梦想，

让我们重新出发，继续向前。

　　这段话我至今还是感触很深。我们作为运动员就是这样的，每天的训练都有计划，每一站的比赛都记得很清楚，运动员的人生总是有着目标，有着希望，圈子虽小但过得却很充实。我们曾经把握住了珍贵的时间去热爱自己，去热爱自己的事业。就像那天下午和蔡赟聊天时感受到的一样，球队这个大家庭虽然很温暖，但我们也很清楚，总有一天要离开。天下没有不散之筵席，既然我们现在已经离开了，便应该珍藏那份曾经的温暖，努力去做好接下来的事。我们都会共同铭记一份骄傲，那就是我们曾经是中国羽毛球队的一分子，凭借这份骄傲，继续走好未来的路。

　　如今的我，已经不再为膝伤感到懊悔，不再为没有赢下的那些比赛而自责。我庆幸我的职业生涯赶上了一个中国羽毛球鼎盛

的伟大时代，我欣慰我参与了一场场可以载入史册的经典战役，并在一些球迷心中留下了我的名字。但我希望曾经的球迷和观众都能够慢慢地淡化那个世界冠军的光环，而是把我当作一个初入演艺圈的新人。

我现在已经学会在表演中解放天性，让自己更加积极乐观，这也是我热爱的生活状态。我曾经在我家的黑板上写过一段话给我的外甥女，也是给未来的自己：年轻就有很多种可能，豁出去，别犹豫，做到底！现在的生活跟之前并无本质区别，我一直年轻，一直在路上。

• 写在后面的话

　　在三十岁刚出头的年纪时就开始回忆人生，本身就是一件不自量力的事情。但是因为我的人生差不多在三十岁前被明显地分成了截然不同的两部分，以此来回忆过去，总结我的羽毛球生涯，似乎也不为过。

　　写完全部书稿，回头再看每个章节的标题时，这才发现似乎一大半都是悲情色彩的词。想回去改，却又发现找不到更合适的词。跟朋友谈到这一点的时候，朋友却不以为然，一脸不屑地喷了我一顿，"你就知足吧，你还悲情？你能有机会写自传，写了自传还有人看，已经很幸福了好吗？"你看，朋友说的也真是有道理，我理解他的潜台词就是：你都够格写自传了，你还矫情个什么劲呢？这样一想，我倒有些释然了，开始乐观地看待这个问题。就我自己的人生来说，我想大概命运之神是安排我先把有些悲情的时间过完，剩下应该就都是喜剧啦。

　　2011年退役以后，我根据自身条件和身边朋友的建议，开始从"运动员"向"演艺人员"转型。我先后参加了《我是冒险王》《防务精英之星兵报到》等综艺节目。其实这样的转变对我来说还是蛮难的，因为我的个性本身比较内向，不太习惯在公众场合和镜头前张扬，但是作为演艺人员，我就必须得克服自己的这些弱点，需要做一个不吝展示、愿意外露的鲍春来。当然，我也在转变过程中不断收获欣喜，也在慢慢积累自信。

离开羽毛球赛场之后，我开始融入新的社会环境，也开始更多地建立除了教练、队友和对手之外的人际关系。耳目一新的一切也会让我情不自禁带着新的世界观和价值观去反思自己刚刚结束的一段人生。其中，曾有一句话所传达的观点让我印象深刻，一度激起我心中的涟漪，让我夜不能寐，不妨也拿来跟大家分享。

那句话是："一辈子都要和别人去比较，是人生悲剧的源头。"

原本这句话是作者用以探讨"不要让孩子输在起跑线"这类有失偏颇的观点，但我却总是禁不住拿来投射到自己身上。可能有的朋友会说：你是运动员，就得去跟别人比，不比还有什么意思呢？前面我就说到过，我本无意去否定竞技体育"更高、更快、更强"的精神和"冠军只有一个"的残酷性，而更多的是想思考我的个性与竞技体育的矛盾。

退役之后，不止一次有人问我同样的问题："鲍春来，如果给你再选择一次的机会，你还会选择去做羽毛球运动员吗？"我也不止一次地给予同样的答案，"我会选择羽毛球，但不会选择去做运动员。"毋庸置疑，我是挚爱羽毛球的，我也说过我爱羽毛球的心永远不会退役，我会把它作为我一辈子的爱好。但是，因为残酷的比赛带来的伤痛也只有我自己最清楚。

在极度想摆脱"千年老二"帽子的那段时间里，我病急乱投医，甚至连一向不屑的星座书都拿来看。我隐约记得我看到的那本书上说，水瓶座的人内心有非常明显的特点，和别人想的都不太一样。比如别人参加比赛，想的是如何拿到冠军，但水瓶座对冠军的需求就没有其他星座那么强烈。他更注重的，是一种精神上的东西，比如自身的水平有没有提高，是不是完全发挥出来了。水瓶座的人，不愿意当第一，因为当第一太不自由、有太多拘束。

我不是一个迷信星座的人，但忽然觉得书中的一些说法无意间说中了我不愿坦诚的内心。从那以后，我尝试着真正走入自己的内心，慢慢地去发掘，自己到底是一个什么样的人。我有优点，乐于接受大家的各种意见，不会因此而生气，哪怕并非事实或者言过其实的评价我也不会着急否认。我也有缺点，我的追求在竞技体育里显得似乎不同寻常。我始终觉得，自己现在能做到怎样，有没有进步，比在比赛中拿不拿得到冠军更为重要。

当然了，其实我也在较劲，只是那个较劲的对象是过去的自己，而不是现在网那端的对手。于是，这样的态度就会出现别人总是评价我的"有点软、不够硬"，就会让我不能发自内心地去跟输赢、跟对手死磕。因此，即便是一场外人眼中无与伦比的重要比赛，也很少让我刻骨铭心。我不会一直想着我输给了谁，下次一定要赢回来。我会跟对手去比谁进步得更快，但一定不会要求自己必须赢。至于打到对手无法翻身之类的事情，我更是觉得太残忍，做不出来。

性格决定命运。为什么我总是会输给林丹？因为，林丹是为竞技体育而生的，而我，真的不适合竞技体育。

不知道是不是这样的想法会在永争第一的体育精神面前显得有些矫情，或者被人看成是为自己开脱。但是没有办法，我确实真真切切地想到了这些。"天道忌盈，业不求满"，我只当是自己天生的个性就与老祖宗这超然的世界观相契合吧。

当我把自己想到的这些乱七八糟的感悟告诉 Mo 姐时，Mo 姐给了我一个大大的拥抱，"恭喜你小鲍，你终于想明白了。欢迎你来到不用再去跟别人比较的世界，尽情展示你自己就好。"

我喜欢在夜深人静时听歌，写下这些文字的此刻，耳边传来的是好友陈楚生的《这一刻》。

在 2011 年 CCTV 体坛风云人物颁奖盛典上，我跟楚生一起演唱了这首歌，向许多跟我一样在那一年退役的运动员致敬。为了那次表演，我还专门写下了一组旁白。虽然词语并不华丽，但因为是在刚刚退役的心境下写出的，却也饱含深深感情。此刻，回望已经远去、不可重返的职业生涯，再读这些文字时，依旧感伤。不如就此撷来，再次致意所有已经离开赛场和即将离开赛场的运动员，并致意自己的过去，祝福自己的未来，也以此结束这段回忆的旅程。

一瞬间，时光不再。

收拾起那个熟悉的背包，

一瞬间，运动生涯已经再见。

人生路上，我们留下一串串脚印，

这脚印，有深有浅，

有完美，也有缺陷。

你要知道，

我们把一生当中那最激情、最美好的十几年，留给了赛场。

成功，失败，泪水，欢笑，

都是我们生命中最值得留恋，最值得珍藏的时光。

因为这段时光，我们倍感自豪，

这一刻，我们告别熟悉的舞台，开启新的人生，

新的背包里，

有旧日的荣誉，也有新的梦想，

让我们重新出发，继续向前。

图书在版编目（CIP）数据

人生不止一种选择 / 鲍春来著. — 南昌：百花洲
文艺出版社，2016.9
ISBN 978-7-5500-1872-3

Ⅰ.①人… Ⅱ.①鲍… Ⅲ.①随笔—作品集—中国—
当代 Ⅳ.①I267.1

中国版本图书馆CIP数据核字(2016)第182141号

出 版 者　百花洲文艺出版社
社　　址　江西省南昌市红谷滩世贸路898号博能中心A座20楼　　邮编：330038
电　　话　0791-86895108（发行热线）0791-86894790（编辑热线）
网　　址　http://www.bhzwy.com
E-mail　　bhzwy0791@163.com

书　　名　人生不止一种选择
作　　者　鲍春来
出 版 人　姚雪雪
出 品 人　李国靖
特约监制　何亚娟　王　瑜
责任编辑　游灵通　程　玥
特约策划　刘洁丽
特约编辑　刘洁丽
封面设计　郑力珲
版式设计　王雨晨
经　　销　全国新华书店
印　　刷　北京市兆成印刷有限责任公司
开　　本　1/32　880mm×1230mm
印　　张　10.5
字　　数　204千字
版　　次　2016年9月第1版
印　　次　2016年9月第1次印刷
书　　号　ISBN 978-7-5500-1872-3
定　　价　39.80元

赣版权登字：05-2016-245
版权所有，侵权必究
图书若有印装错误可向承印厂调换